青鸟童书
只做对得起时间的书

The Kingdom Of Cards
纸牌王国

[印]泰戈尔 著

段心雨 译 张张 绘

北京理工大学出版社

版权专有　侵权必究

图书在版编目（CIP）数据

纸牌王国 /（印）泰戈尔著；段心雨译 . -- 北京：北京理工大学出版社，2022.4（2025.4 重印）

ISBN 978-7-5763-1020-7

Ⅰ . ①纸… Ⅱ . ①泰… ②段… Ⅲ . ①童话—作品集—印度—现代 Ⅳ . ① I351.88

中国版本图书馆 CIP 数据核字（2022）第 028394 号

责任编辑：武丽娟　　文案编辑：武丽娟
责任校对：刘亚男　　责任印制：施胜娟

出版发行	/ 北京理工大学出版社有限责任公司
社　　址	/ 北京市丰台区四合庄路 6 号
邮　　编	/ 100070
电　　话	/（010）68944451（大众售后服务热线）
	（010）68912824（大众售后服务热线）
网　　址	/ http://www.bitpress.com.cn
版 印 次	/ 2025 年 4 月第 1 版第 2 次印刷
印　　刷	/ 武汉林瑞升包装科技有限公司
开　　本	/ 880 mm×1230 mm　1/16
印　　张	/ 12
字　　数	/ 120 千字
定　　价	/ 59.90 元

图书出现印装质量问题，请拨打售后服务热线，负责调换

目 录
contents

纸牌王国	001
	019 喀布尔人
饥饿的石头	035
	057 笔记本
秘密财宝	070
	097 河边的台阶
素芭	115
	129 少爷归来
邮政局长	145
	159 原来如此
胜与败	171

纸牌王国

一

从前，在遥远的海上有一座孤零零的小岛，岛上住着纸牌王国的居民。其中，国王K、王后Q、至尊A和骑士J是花牌王室成员，而纸牌十、纸牌九、纸牌三、纸牌二等是普通平民。国王K、至尊A和骑士J这三个种姓的地位最高，其他种姓由地位更低的平民纸牌构成，纸牌三和纸牌二的地位最低下，这些低级纸牌从不被允许和高贵的花牌们平起平坐。

纸牌王国的规章制度稀奇又古怪。每一张纸牌的等级和价值在很久以前就已经被确定，他们都在做着指定的工作，从不参与分外之事，就像有一只看不见的手在指引方向，让他们根据规章制度各自行事。

在纸牌王国中，没有哪张纸牌曾经用语言表达过任何思想，他们似乎根本没有思想，自古以来，他们从头到脚都是一成不变的。纸牌们像哑巴一样一言不发，死气沉沉地沿着纸牌槽前进。如果有哪张纸牌摔倒了，他就会躺在地上望着天空，脸上永远是一副呆板的神情。

纸牌王国里一片死寂。这里的人们没有愿望和追求，没有悲伤和欢笑，没有恐惧和勇气，更没有怀疑和犹豫，就像是笼中鸟、画中人。

有一段时间，这里也曾有过春天。在"鸟笼"摇晃的时候能听到动听的歌声，那些茂密的树林和宽广的天空是如此美好，深入人心。但那些被桎梏（zhìgù）①的鸟儿根本察觉不到。

广阔的大海以永不停止的旋律哼唱着摇篮曲，海浪如同一只大手，千万次温柔地轻拍着小岛。辽远的天空如同伸展开湛（zhàn）蓝翅膀的鸟妈妈，用丰满的羽毛环抱着小岛。遥远的对岸，因为隔着大海，仿佛能看到一条深蓝色的线。那里的争吵和缠斗声传不到纸牌岛上，也无法打破这里的宁静。

二

年轻的王子和悲伤的王后住在离海岛很远的对岸，王后失去了国王的宠爱，和唯一的儿子一起被放逐在这片海岸。王子在孤单中度过了自己的童

---

① 桎梏：这里是束缚（fù）的意思。

年，陪伴着他那孤苦伶仃（dīng）[1]的母亲，但他时刻都在编织着自己伟大的梦想：他渴望横渡七片大海和十三条大河，去寻找飞马和眼镜蛇王头上的钻石，去探寻天堂里的玫瑰和出现在梦境里的魔法道路，还要去拯救那睡在魔王城堡中的美丽公主。

在学校时，王子听商人的儿子讲述了许多其他国家的故事，听警长的儿子讲述了两个神灯精灵的冒险奇旅。当大雨落下、乌云遮天的时候，王子便会坐在门槛上，面朝大海，恳求着他那悲伤的母亲："妈妈，请您讲一个关于远方的故事吧。"

每次，母亲都会讲述一个自己小时候听到的故事，一个没有结局的故事：海的那边有一个美妙的国度，住着一位美丽的公主……每当这时，他年轻的心总会充满强烈的渴望。

一天，商人的儿子来找王子，对他说："朋友，我的课业结束啦！我要出海去寻找珍宝，特地来和你告别。"

王子对他说道："我要和你一起去。"

警长的儿子也对王子说："说真的，朋友，你不能丢下我不管。我也要一起去。"

王子告诉他那悲伤的母亲："妈妈，我准备和朋友们一起出海，去寻找财宝。等我回来后，我一定能找到办法抚平你的悲伤。"

---

[1] 孤苦伶仃：形容一个人孤独困苦，无依无靠。

就这样,三个小伙伴开始了他们的旅程。商人家准备的十二艘船停在港口,他们上船后准备出发。南风正猛烈地吹着,十二艘船在此刻开始远航,船速很快,这速度堪比在王子心中那陡然升起的渴望。

到了海螺岛,他们在第一艘船上装满了海螺壳;到了檀香岛,他们在第二艘船上装满了檀香木;到了珊瑚岛,他们在第三艘船上装满了珊瑚。四年过去了,又有四艘船被填满,分别装着象牙、麝(shè)香、丁香和肉豆蔻(kòu)。

然而,当所有船只都满载后,一阵猛烈的暴风雨袭来。所有船都沉了,连同船上载着的那些丁香、肉豆蔻、麝香、象牙、珊瑚、檀香木、海螺一类的珍宝。不过,载着三个小伙伴的那艘船没有沉,而是搁浅在了一座小岛上,这三个小伙

伴最终幸存下来。

这里便是之前说过的纸牌岛，至尊A、国王K、王后Q、骑士J以及纸牌九和纸牌十等纸牌王国的其他成员们一直循规蹈矩地定居于此。

三

纸牌岛之前一直没有新鲜的事情发生，这里没有举办过任何讨论会，更没有什么事能扰乱小岛的宁静，直到海浪把三个小伙伴突然卷到这里。纸牌们为此掀起了一场大讨论。

讨论的内容主要有三点：第一，这些未分级的陌生人，应该被划分到哪个等级？他们属于花牌吗？还是要像纸牌九、纸牌十那样，被划归到低一些的等级？这是一个重要的问题，却无先例可循；第二，他们的花色是什么？是美丽、明亮的红桃或方块，还是颜色灰暗些的梅花或黑桃？关于这一问题，纸牌们展开了漫长的讨论，纸牌岛的制度错综复杂，能够正常运作全都仰仗于之前固定下来的搭配；第三，他们应该吃什么？要和谁生活在一起？睡觉时头朝向哪里？西南、西北，还是只能朝向东北？在此之前，纸牌国从上到下从未研究过这些至关重要的问题。

然而，三个小伙伴此时饥渴难耐，他们得想办法找点吃的。大讨论时而沉寂，时而间歇，但仍在继续着，至尊A等人成立了委员会，并召开会议，希望用旧时代的办法解决这三个外来客的问题。与此同时，三个小伙伴在岛上吃光了所有能找到的食物，喝光了每瓶能喝的水，打破了所有能打破的规则。

就连纸牌二和纸牌三也对这三个小伙伴鲁莽的行径感到吃惊。

纸牌三说："纸牌二的兄弟们，这些人招摇过市，简直恬（tián）不知耻！"

纸牌二说："纸牌三的兄弟们，显而易见，他们的等级比我们的还低！"

三个小伙伴饱餐过后在城中散步。他们三人觉得这里的居民非常奇怪，似乎世界上根本没有这些人的存在价值，他们像被抽掉灵魂后遭到抛弃。这些人没有智慧，也没有身份，仿佛有谁在统一指挥着他们，像操纵着木偶一样。大家表情严肃，神情呆板，按部就班地来来往往。

王子回过头，看了看商人的儿子，再看看警长的儿子，又回过头来看死气沉沉的纸牌队伍，发出了一阵惊天动地的笑声。

这阵奇特的、前所未有的笑声沿着皇家大街穿过至尊广场、骑士堤，最后消散在无边的旷野中。

周围更加寂静了，人们惊奇的目光像幽灵围绕着他们，警长的儿子和商人的儿子感受到了来自四周的那种令人毛骨悚（sǒng）然的寒意。他们对王子说："朋友，快走吧，我们快点离开这座阴森的小岛吧，再待下去我们恐

怕会没命的。"

但是王子说:"朋友们,这些纸牌很像人类,我一定要把他们翻过来倒过去地摇上一摇,看看他们的体内是不是流着温热的血,哪怕仅有一滴!"

四

日子一天天过去,岛上的生活如无波之水,泛不起一点涟漪(liányī)。三个小伙伴从来不按任何规章制度行事。不论是站起来、坐下去、扭转身体、仰面朝天、俯身看地,还是摇头晃脑、翻跟头,他们都肆无忌惮(dàn)、随心所欲,没有一个动作符合纸牌王国的规矩和民风。不仅如此,看到其他的纸牌在按照规章制度精确行事,他们还会嘲笑一番。这永恒而庄严的规章制度丝毫影响不了三个小伙伴。

一天,高贵的花牌王室成员们找到了三个小伙伴。

"为什么?"花牌王室成员们缓缓发问道,"为什么你们不按照规章制度走路?"

三个小伙伴回答:"因为我们希望如此。"

"希——望?请问'希望'是谁?"花牌王室成员们齐声问道。他们的声音无比空洞,像是从洞穴中传出来的,那感觉又像是他们刚从一场持续了无尽年月的梦中醒来一样。

当时的花牌们还不知道"希望"是什么，不过他们慢慢会明白的。看着王子的动作，他们发现，三个小伙伴竟然可以逆着纸牌们前进的方向走路，那是纸牌们从未尝试过的。就这样，"希望"的第一束光照进了纸牌们的心灵。后来，纸牌们有了另一个惊人的发现，那就是自己的身后居然有另外一面，他们从未留意过这件事，这是改变的开始。

三个小伙伴一点点地引导纸牌们去体味"希望"带来的这种美妙感觉。纸牌们开始逐渐意识到：生命不应该只围绕着规章制度来转。自由带来了强大的力量，让这些纸牌产生了一种满足感。

不过，"希望"也带来了第一个麻烦：所有的纸牌都开始走得缓慢，他们摇摇晃晃，然后跌倒在地上。那场景看上去像是一条刚从沉睡中苏醒的巨蟒，正缓慢地舒展开自己盘成无数圈的身体，它那全身的骨架都在随之颤动。

五

在此之前，方块、梅花、黑桃、红桃四位王后Q一直站在城堡的帷（wéi）幕后面，她们的眼睛从来不看向对方，只是默默地干着自己的事情。

在一个春日的午后，阳台上的红桃王后Q突然抬了抬眼眉，向王子投去了她那动人的一瞥（piē）。

"哦，我的天！"王子喊道，"我以为她们都是画像呢，结果不是，她们竟然是真真正正的女人。"

王子叫来两个小伙伴，思索着说："朋友们，这些女士身上散发着我从未留意过的魅力。红桃王后Q偷偷看了我一眼，她那黑亮的眼睛中闪烁着一种情感，宛如新生世界中的第一道曙光。"

两个小伙伴非常惊讶，说："果真如此吗，我们的王子？"

从那天起，红桃王后Q的情况变得很糟糕，她几乎忘记了所有的规章制度，这令她十分难堪。比如说，她在牌列中本应该待在骑士J的旁边，却突然发现自己很是不小心，竟然站到了王子的旁边。对此，骑士J板着庄重肃穆的脸说："王后，你犯错了。"

可怜的红桃王后Q脸蛋红了又红。但小王子勇敢地站出来帮她解围，说："不！王后并没有做错！从现在起，我就是骑士J！"

现在的情况是这样的：每张纸牌都在尽力纠正王后不合时宜的错误举动，但他们自己也开始频频犯错。至尊A们发现自己被国王K挤出了牌列；国王K又与骑士J们搞乱了站位；纸牌九和纸牌十开始装腔作势，仿佛自己是花牌王室中的一员；纸牌二和纸牌三偷偷占据了纸牌四和纸牌五的位置，后者尤为讨厌他们现在的位置，局面从未如此混乱过。

纸牌岛的春天去了又来，杜鹃鸟年复一年地唱着报春的歌曲，但鸟儿从未激起过纸牌们如此大的热情。在过去的日子里，大海只是在不知疲惫地歌唱着，宣告着这一成不变的规章制度牢不可破。如今，大海突然之间掀起了巨大的浪花，通过闪动的光影与千层的波浪，努力地诉说着自己心中那深切的对爱的渴望。

六

那些圆的方的，或呆滞或高傲的面孔如今消失在了何处？现在的纸牌岛上遍地是渴望爱的面孔、被憾事烧灼的心脏，还有饱受折磨的灵魂。他们夜不能寐（mèi），茶饭不思。音乐与叹息、欢笑与泪水充盈着这座小岛。

每张纸牌都开始在意自己的形象，喜欢与他人作比较。

"国王黑桃K的样貌勉强算作漂亮,但是……"红桃A对自己说,"如果我走上街头,大家的目光会纷纷被我吸引。"

国王黑桃K自言自语地说:"红桃A到底为什么总是伸长脖子,像孔雀一样趾高气扬地走路呢?他竟然幻想所有的王后Q都在渴望他的爱,可惜事实是……"说到这儿,国王黑桃K停下来,对着镜中的自己诡秘地笑着。

变化最大的要数纸牌岛上的王后Q们,她们把时间都花在了穿衣打扮上,整日将自己打扮得花枝招展。相互见面时,还会彼此讥讽。

一些年轻的男子百无聊赖地坐在落叶中,借着树荫,懒洋洋地舒展着四肢。姑娘们穿着淡蓝色长裙，不经意间走向了同一片森林，走到了同一棵树下的同一片树荫处。她们把目光投向别处，仿佛没有看向那里的任何人，没有望向任何事物。这时，有一位大胆的年轻男子走上前，他被一种疯狂的念头所驱使，想接近一位穿着淡蓝色长裙的女子。然而，随着脚步的临近，他的舌头像打了结般，一句话也说不出来，他傻傻地站在那里，显得十分蠢笨。就这样，这难得的机会很快便失去了，姑娘像来时一样消失在了远方。

杜鹃鸟在头顶的枝丫上歌唱，南风淘气地吹乱了人们的发丝，也吹乱了人们的心。树叶沙沙作响，像在快乐地讲着悄悄话。无尽的海浪声不绝于耳，致使人们对爱的渴望加倍地汹涌澎湃起来。

正是这三个小伙伴，让新生活的潮水涌入了纸牌王国，滋润了无数干涸（hé）的生命。

七

然而，新生活的潮水再汹涌，也会有涨停的时刻，而且终将会变成泡沫。

纸牌们做不到坦率直言，而是小心翼翼地向前一步，又退后两步。所有的纸牌似乎都在酝酿着自己没法实现的愿望，像是在空中建城、沙上筑防。他们面色苍白，沉默寡言，眼神虽然炽烈，但颤动的唇角隐藏着自己内心深处不能言说的秘密。

　　王子看出了这些问题。他召集了岛上的所有纸牌，说："把长笛、铜钹（bó）、风笛和鼓都带到这里来。让这些乐器齐奏，发出欢快的长鸣吧！因为，今夜属于红桃王后Q，她要选定她的心上人啦！"

　　纸牌八和纸牌九吹起了长号和长笛；连纸牌二和纸牌三也兴奋地敲起鼓和锣来。

　　情感充沛的乐声响起后，纸牌们的叹息与忧郁一扫而光。在那一刻，笑声和话语的洪流倾泻而出。有人大胆地提出建议，有人说出了锁在心里的情结，有人闲聊着八卦，有人说着玩笑话，有人嬉戏欢闹着。这场景仿佛那枝繁叶茂的森林里突然刮起了一阵烈风，风声飒（sà）飒，树叶簌（sù）簌作响。

　　红桃王后Q穿着红色长裙，听着音乐与喜悦的喧闹声。她闭上眼睛，像是在做着一个久远的、如传说般的梦。睁开眼睛后，她发现王子正站在她的面前，凝视着她的脸。红桃王后Q捂住双眼，内心涌动着狂喜，颤抖着后退了几步。

　　王子记住了红桃王后Q那受惊的神情和后退的脚步，他感觉到自己的心脏跳得愈发快了。

　　那天晚上，年轻的男男女女衣着亮丽，面带笑容，在宫殿里密密麻麻地站着。宫墙上装饰着彩灯和春花。红桃王后Q缓缓步入大厅，所有人都站起

身来迎接她。

红桃王后Q手中拿着花环，站在王子面前，双眸低垂。她感到害羞，所以很难将花环戴在心上人的脖子上。

不过，王子弯腰低下了头，花环滑到了它该处在的位置。

此前，年轻的男男女女满怀期待，屏息凝神，期待红桃王后Q做出选择。现在，红桃王后Q终于做出了选择。

熙攘（xīrǎng）的人群中爆发出一阵长久不息的欢呼声。这欢呼声传遍了小岛的每个角落，甚至传到了行驶在海面上的大船上。

纸牌王国的居民对这位年轻的王子敬爱有加，热情地簇拥着他与红桃王后Q登上了王位。

海岛的对岸，忧伤的王后得知这一消息后，搭乘着一艘金碧辉煌的大船来到了王子所领导的国度。

如今，纸牌王国的臣民不再依着旧的规章制度行事，无论那些规章制度是好是坏。他们的内心带着希望，过着自己想要的生活。

喀布尔人

米妮是我五岁的女儿,她总是喜欢叽叽喳喳地说个不停。我敢肯定,在她小小的生命中,没有一分钟愿意安静。她的妈妈常常为此烦恼,总是想办法让孩子安静下来,但我不会这样做。女儿静下来的样子让人不太习惯,时间一长,我就无法忍受。正因如此,我和女儿之间的交谈总是富有生趣。

一天上午,我正在写一部小说的第十七章,我的宝贝米妮偷偷溜进房间,把小手放进我的掌心,说:"爸爸,看门的拉姆达亚尔把乌鸦说成'老鸦',他是不是什么都不懂呀,爸爸?"

还没等我向她解释不同语言之间的差异,她又在喋喋不休地讲另一个话题了:"博拉说,云彩里有一头大象,大象的鼻子会喷水,所以才会下雨!爸爸,这是真的吗?"

我坐在那里思考了一会儿，正准备回答这个问题，她很快又抛出一个新的问题："爸爸，你和妈妈之间是什么关系呀？"

我佯装严肃，搪塞（tángsè）女儿道："米妮，去找博拉玩吧，爸爸现在很忙！"

房间的窗户正对着马路。米妮挨着桌子，坐在我脚边，自己默不作声地玩耍，小手轻敲着膝盖。我正埋头写我小说的第十七章，故事的男主角普罗特拉普·辛格抱着女主角坎昌拉塔正要从城堡三楼的窗户逃走。这时，米妮忽然不玩了，跑到窗前大喊："喀布尔人！喀布尔人！"

如她所见，街上有一个高个子的喀布尔人正缓缓经过我的窗前。他穿着宽松的阿富汗民族服饰，衣服上沾满了泥土，头巾高高地裹起，背着一个大口袋，手里拿着几盒售卖的葡萄干。不知道女儿看见他的时候感觉到了什么，她开始向喀布尔人大声喊叫。

"啊！"我想，"要是他走进屋来推销商品，我的第十七章就永远写不完了！"

就在这时，喀布尔人转过身，抬头看向我的女儿。米妮迎上他的目光，感到十分害怕，转而去寻求母亲的保护，从我身前跑走了。她可能误以为那个大布口袋里藏着两三个和她一样大的孩子。这时，喀布尔小贩走进门来，笑着向我打招呼。

第十七章的男女主角处境实在是危急，可是女儿已经喊了小贩。想到这

点，我的第一反应是马上拦住小贩，从他手里买些东西，好把他打发走。我买了一些小物件，和他闲聊起阿富汗的君王阿布杜尔·拉赫曼汗、俄国人和英国人的殖民历史，以及跟边境有关的政策。

快要离开的时候，喀布尔小贩问道："先生，刚才那个小女孩呢？"

想到应该打消米妮的误解和恐惧，我把女儿叫了出来。

米妮站在我的椅子旁，看着喀布尔人和他的大布口袋。喀布尔人给了女儿一把坚果和葡萄干，但她并不感兴趣，只是紧紧抓住我，脸上满是疑惑。

这是她和喀布尔小贩的初次见面。

然而，几天后的一个早晨，我正准备出门，却惊讶地发现米妮正坐在门口的长凳上有说有笑，大块头的喀布尔人陪在她旁边。在女儿短暂的童年里，似乎没有人会如此耐心地做她的倾听者，除了我这个父亲。她的纱丽的一角堆满了杏仁和葡萄干，这都是喀布尔人送给她的小礼物。

"给她这些干什么呀？以后请别再给了！"我说着，将一枚半卢比硬币递给他。喀布尔人没有拒绝，把钱装进了口袋。

不巧的是，过了一小时，当我回到家后，发现那枚硬币制造了双倍的麻烦。因为喀布尔人将那枚硬币给了我女儿，她的母亲看到了那枚亮晶晶的硬币，把女儿拉到旁边，问道："这钱是哪里来的？"

米妮高兴地答："是那个喀布尔人给我的！"

"喀布尔人给你的？"母亲惊讶地喊道，"你怎么能拿别人的钱呢？"

这时,正巧我走进家门,上前询问情况后,我护住了女儿,让她免受母亲的责备。

我发现女儿和喀布尔人见面已经不是一次两次了。喀布尔人用一些聪明的小手段"贿赂"了女儿,比如送给她坚果,这打消了孩子的恐惧,二人现在成了很好的朋友。

喀布尔人会给米妮讲许多新奇有趣的故事,为他们俩带去许多欢乐。

米妮坐在喀布尔人面前,看着他,脸上荡漾着笑容,说:"哦,喀布尔人!喀布尔人!你的包里又有什么呀?"

喀布尔人会用山地人的鼻音回答她:"有一

头大象！"这句俏皮话可能并没有那么有趣，却令他们二人非常开心。对我来说，小孩子和成年人之间的交谈总有一种奇特的魅力。

接着，轮到喀布尔人问我的女儿："那么，小姑娘，你什么时候去公公家呀？"

许多年幼的孟加拉女孩早就知道"去公公家"是什么意思，但我们家的作风比较新派，有意不让米妮接触这些，米妮遇到这个问题，一定会有些困惑，但她没有表现出来，而是早有对策地回答："那你会去公公家吗？"

"啊！"他作势挥舞着拳头，"我会痛打'公公'的！"

对于喀布尔小贩所处的阶层，"公公"和"公公家"有双重含义，这两个词也分别是警察和监狱的委婉说法，因为在监狱里犯人不用花一分钱就有饭吃。体格健壮的喀布尔小贩从这个意思出发，回答我的女儿。

听到这里，米妮想象着"公公"那可怜窘（jiǒng）迫的模样，发出一阵笑声，而这位可敬的喀布尔朋友也会一起大笑。

这些对话发生在秋日的早晨，那是古时的君主出征的好季节。而我，尽管从未离开过加尔各答的小家，思绪却在世界范围内遨（áo）游。一看到另一个国家的名字，我的心便会走进那个国家；在街头一看到外国人，我便会开始编织与他有关的梦，幻想着他远方家乡的高山、幽谷和森林，以及坐落其中的村舍，幻想着他在遥远的荒野中自由独立的生活。

旅行的场景在我的脑海中浮现。这些场景随着我思考的深入愈发变得生动起来，或许是因为远行的渴望如一道惊雷，击穿了我平淡乏味的生活。喀布尔人的出现使我仿佛看到了这样一幅画面：高耸入云的山峰被夕阳染成了红色；载着货物的驼队在蜿蜒（wānyán）曲折的峡谷中行进；戴着头巾的商人有的拿着奇怪而古老的火器，有的拿着长矛……

米妮的母亲非常胆小，这令我感到遗憾。一旦她听见街上有吵闹声，就觉得这些人正不怀好意地向我家走来。她认为外面到处都有小偷、醉汉、蛇、老虎、疟（nüè）疾、蟑螂。即使年纪已经不小了，但她仍旧未能克服这种恐惧。正因如此，她对喀布尔人充满疑心，常常叮嘱我多留心他的举动。

我试着温和地用笑声驱散她的恐惧，但她会转过头来，严肃地问我一些

不得不认真考虑的问题：孩子被绑架怎么办？在喀布尔难道没有奴隶买卖？难道壮硕的喀布尔人拐走小女孩，这听上去是一件荒唐的事吗？

我向她强调，尽管她的这些担忧并不是空穴来风，但发生的可能性微乎其微，不过这并不足以打消她的恐惧。我认为米妮母亲的担忧确实毫无必要，我们没有正当的理由阻止喀布尔人来访，他和女儿的友情仍然在不受控制地继续发展着。

拉赫蒙是那个喀布尔小贩的名字，他习惯于每年一月中旬回国一次。随着归期临近，他要挨家挨户追讨债务，会变得非常忙碌。然而在今年的这个时间段，他总能抽出空来看米妮。在其他人看来，他们二人之间似乎有什么密约，因为即使他早上不能来，晚上也会来。在昏暗房间的角落里突然看到身着宽袍、背着大布袋的高个子喀布尔人，即使是我，偶尔也会被吓到，但女儿米妮总会笑着跑进来，喊着："哦！喀布尔人！喀布尔人！"每当看到这两位忘年之交沉浸在欢笑中，我会感到我们的担心是没有必要的。

变故发生在一个早晨，喀布尔人决定回国的前几天，当时我正在书房修改校样。天气寒冷，阳光透过窗户照在我的双脚上，温暖舒适，令人愉悦。大约八点钟，那些清早出门、戴着头巾的行人正准备回家。突然，街上传来一阵骚动，我向外看去，看到拉赫蒙，他被两名警察缚住双手带走，后面跟着一群看热闹的小孩。喀布尔人身上沾着血迹，其中一名警察手里拿着一把沾着血迹的刀。

我急忙跑出去,拦住他们,询问发生了什么事。从警察和拉赫蒙口中得知,有一位邻居从拉赫蒙那里赊(shē)账买了兰布尔披肩,但后来矢口否认此事,在争吵过程中,拉赫蒙刺了他一刀。拉赫蒙此时还处在愤怒之中,用尽所有难听的语言辱骂着那位邻居。

这时,米妮突然出现在门外,用惯常的兴奋语调喊道:"哦!喀布尔人!喀布尔人!"

拉赫蒙转过身来,脸上立刻流露出喜悦。

他今天没有背着大布袋,米妮没办法和

他谈论大象了。米妮马上转移到下一个话题:"你要去公公家了吗?"

拉赫蒙笑着说:"小姑娘,我正要去那里呢!"

拉赫蒙发现这个答案没能让孩子开心,接着,他举起了被缚住的双手说:"哎呀!我是要去痛打公公的,但我的双手被绑住了!"

拉赫蒙因蓄意伤害罪被起诉,判了八年有期徒刑。

随着时间的流逝,他渐渐地被人遗忘了。我们在日常生活中继续工作,几乎忘了那个曾经是自由的、现在正在监狱中度日如年的喀布尔人了。

不好意思地讲,就连我那无忧无虑的女儿米妮也忘记了她的喀布尔老朋友。新的朋友填满了她的生活。她长大一些后,基本不和男孩子玩了,更多的是和女孩子在一起,甚至很少在爸爸的房间里玩,我现在已经很少能和女儿说得上话了。

多年过去,又到了秋季,我们开始筹备女儿米妮的婚礼。婚礼日期定在杜尔迦(jiā)节。杜尔迦女神要回到凯拉萨山,我的女儿——我们家的光芒,也将去往她的新郎家,把她的爸爸留在阴影中。

雨后的清晨,万物像是经过洗礼,阳光如纯金一般璀璨明亮,连坚固的砖墙和加尔各答的马路都笼罩在这美丽的光辉之中。

破晓时分,我家里响起了婚礼的唢呐声,我的心随着乐声的起伏而跳动。印度传统的婚礼乐曲《巴拉威伊》奏响了,悠长的曲调加剧了离别将近的哀痛。今天,我的宝贝女儿要嫁人了。

一大早，家里便充斥着喧嚣与忙乱。院子里的婚礼帐篷需要用竹竿固定，叮当作响的吊灯需要挂在每个房间和窗外的长廊上。大家兴奋地忙个不停。

我坐在书房，在仔细查看账目，这时有人进来了，他来到我面前，礼貌地问好。来人正是拉赫蒙——那个喀布尔小贩。一开始我没有认出他，因为他不再背着大布袋，头发也短了，失去了往日的活力。但他微笑着，随即我认出了他。

"你是什么时候出来的？"我问。

"昨晚，"他说，"刚刑满释放。"

这些话有点刺耳。我从未与伤害同胞的人有过交谈，当意识到这一点，我的心在抽痛，我认为他在这天回来，并不是好兆头。

"家里有重要的事在办，"我说，"我很忙，你可以改天再来吗？"

他马上转身要走，但到门口犹豫了，说："先生，我能不能看一眼小姑娘米妮，一会儿就行？"

在他心里，米妮仍旧是个小姑娘。他回忆着米妮奔跑的样子，过去她常常喊他："喀布尔人！喀布尔人！"

他想象着他们还会一起谈笑，像从前一样。为了纪念从前的那些日子，他还带来了一些杏仁和葡萄干，这应该是从他的同乡那里弄来的，因为他的大布袋早就不见了。

我又强调了一次:"今天家里有重要的仪式要办,你谁也不能见。"

喀布尔人脸上写着失落。他看了我一会儿,眼中闪着泪光,随后向我道了声"再见",便离开了。

我感到一丝歉疚,想喊他回来,但发现他自己回来了。他走近我,捧着带来的坚果和水果干说:"先生,我带了这些小礼物,很小,不值一提。能帮我转送给小姑娘吗?"

我接下这些东西,打算付他钱,但他抓着我的手说:"先生,你真是个好人!把我留在你的回忆中吧,不要给我钱!因为我家中也有一个像你女儿米妮一样的女儿。我想她的时候,就会给你的孩子带些干果,不是为了挣您的钱。"

说着,他把手伸进宽大的长袍,从胸口处拿出一张又脏又小的纸片。他极其小心地展开它,放在我的桌子上,用双手抚平。

上面是一只小手的图案,不是照片,不是画,是蘸(zhàn)了墨水按上的手印。他女儿的小手印就以这种方式贴在他的胸膛上,陪伴着他年复一年地在加尔各答走街串巷,兜售商品。

眼泪涌入我的眼眶。我忘记了他只是个贫穷的喀布尔小贩,而我却是孟加拉贵族。不,并不是这样,我哪里比他高贵呢?他跟我一样,同样是一位父亲。

喀布尔人的小女儿帕瓦蒂远在深山中的老家,她的手印让我想起了米妮小的时候。

我派人去米妮的房间叫她过来。我知道，在这个时候叫她过来有很多麻烦，但我顾不得这些。米妮穿着红绸礼裙，前额覆着檀香膏画成的图案，一副美丽新娘的样子。她来到我面前，面带羞怯。

拉赫蒙看着突然出现的米妮，有些愣住了，因为他发现自己已经无法和米妮重续旧日的友情了。最后，他笑着对米妮说："小姑娘，你要去公公家了吗？"

现在的米妮已经懂了"公公家"的意思，因而不能像从前那样天真地回答他了。她脸红起来，站在他面前转过身去低下了头，神情正如真正的新娘。

我回想起他们初次见面的那天，感到一阵悲伤。

米妮离开后，拉赫蒙深深地叹了口气，瘫坐在地板上。他突然想到，时隔多年，他的女儿一定也长这么大了，他同样需要重新认识她。再见到的女儿也不是他从前了解的女儿了。八年过去了，还有什么事不会发生呢？

婚礼的唢呐声响起，温和的秋日阳光笼罩着我们。然而，拉赫蒙坐在加尔各答的一条小巷中，无力地遐想着故乡阿富汗那贫瘠（jí）①的群山。

我拿出一张银行支票，递给他说："拉赫蒙，回去找你的女儿吧，回到你的祖国，希望你们父女重逢的快乐能够为米妮带来好运！"

---

① 贫瘠：多指土地不肥沃。

由于这份礼物造成的额外支出，我不得不减少一些庆祝活动。不能再安排本在计划内的灯光和乐队，家中的女士们对此感到沮丧。但是，对我来说，想到远方的土地上将有一位饱受思念折磨的父亲能见到他唯一的女儿，幸福的光芒就会让今天的喜庆日子变得更加明亮生辉。

饥饿的石头

我和一位亲戚结束了普迦①之旅后,便乘火车返回加尔各答。在火车上我们认识了一个人。看他的衣着和举止,第一眼会以为他是内地的伊斯兰教信徒,不过听他讲话后,我们反倒糊涂了。他自信地对各种话题展开长篇大论,那样子让人以为真主安拉无论做什么,都会向他请教似的。

在遇到他之前,我们还不知道前所未有的秘密势力正在行动,不知道俄国人正接近印度,不知道英国人遮遮掩掩的秘密政策,也不知道印度的王公们各自心怀鬼胎,混乱可能将爆发。因此,我们的心情极其愉快。

新朋友会心一笑地说:"霍拉旭,天地之间有许多事情是人类的哲学里

---

① 普迦:印度传统的拜神仪式。

没有提到过的。"

我们之前从未离开家游历过，因此对他的谈吐感到十分惊讶。即使主题很琐碎，他也会引经据典，或谈论科学，或引用某位波斯诗人的四行诗。

我们对这些一无所知，所以愈发崇拜他。我的亲戚是一名有神论者，他深信这位新朋友一定是得到了某种奇异的超自然力量的启示，像是"磁场""神秘力量""灵魂投射"此类的东西。亲戚面带虔（qián）诚，一边开心地听他讲话，一边偷偷地做笔记，哪怕这位不凡的朋友讲的内容再简单不过。这位新朋友看见亲戚在记录他的话语，面露满足之色。

火车到达中转站后，我们在候车室里等待下一趟车。当时是晚上十点，我们听说火车轨道出了问题，很可能会晚点。我在桌上铺好被褥（rù），打算躺下舒服地小憩（qì）①一会儿。这时，那位朋友又口若悬河地讲述起来。当然，他让我晚上没办法再睡觉了。

这位朋友开始以第一人称讲述发生在自己身上的神秘故事。以下就是他所说的故事——

由于受到周边国家和地区的政治问题的影响，我辞去了在朱纳格特土邦的职务，转而效忠于海得拉巴土邦的尼扎姆王公。我年轻力壮，他们马上任命我为巴里奇征收棉花税的收税人。

---

① 小憩：稍作休息。

巴里奇是一个山清水秀的地方，杳（yǎo）无人烟①的山下，苏斯塔河宛如一位舞姿优美的姑娘，穿行于孤寂群山下的森林之间。河边有一百五十级阶梯，通往一座孤零零的大理石宫殿，宫殿附近荒无人烟，距离巴里奇的村庄和棉花市场很远。

大约二百五十年前，奥斯曼帝国苏丹马哈茂德二世修建了这座宫殿，极尽奢靡（shēmí）。当年，宫中的喷泉喷洒着漂着玫瑰花的泉水，年轻的波斯少女在沐浴前解开长发，坐在冰凉的大理石地面上，柔软而光洁的双脚在清澈的水池边拨弄着水花，她们和着吉他唱起葡萄园里的爱情诗。如今，泉水早已干涸，歌声早已停止，雪白的大理石地面上不再有少女雪白的双脚和优雅的足迹。这里成了空旷冷清的驻地，收留了我们这些收税人——一群因孤独而感到压抑的男人。

卡里姆·汗是我们办公室的老员工，反复警告我不要夜宿于此："如果你想留下的话，白天可以待在这里，但千万不要在这儿过夜。"

我轻声一笑，没把他的话放在心上。仆人们准备工作到傍晚，夜幕降临的时候离开，我欣然同意了。这座房子名声极坏，夜里连小偷都懒得光顾。

起初，这座荒芜的宫殿里到处充斥着孤寂的氛围，这让我感到十分压抑。所以，我尽可能地在外面竭力工作，使自己筋疲力尽，这样夜里回来时，便能倒头就睡。

---

① 杳无人烟：偏僻无人，形容荒凉、偏僻。

不到一周，这座宫殿便用一种奇特的、令人陶醉的气息吸引、控制着我。我感到整座宫殿像一个有机体，分泌出令人不适的胃液，缓慢且不易察觉地消化着我。这种感觉很难描述，也很难让他人相信。

或许，这种情况早在我第一次踏进这里就开始了，我清楚地记得自己第一次意识到这种感觉的那天。当时正值初夏，市场里门可罗雀①，我没有什么工作要做。太阳快下山时，我坐在河边的椅子上。苏斯塔河的面积已经缩小了，水位下降了很多，岸边露出了大片的沙地，映照出傍晚的余晖，岸边河水清浅，河底的鹅卵石闪闪发光。周围静谧（mì）无风，在附近的群山上生长的灌木丛散发出辛辣的气味，弥漫在流通不畅的空气中，令人难以忍受。

太阳落山后，长夜的帷幕在白昼的舞台上拉开了。日落时分，光与影交错的时间在山峦屏障的阻挡下缩短了。我想驾车出去一趟，刚要起身时，便听到台阶上传来了脚步声，回头后却没看到任何人。我重新坐下，心想这可能是错觉，但忽然又听到了许多脚步声，好像很多人正冲下台阶。一种既喜悦又恐惧的感觉让我感到一阵战栗。面前虽然空无一人，但我总觉得自己看到了一群雀跃的少女正走下台阶，准备在这个夏夜里去往苏斯塔河沐浴。

虽然山谷、河流和宫殿中安静得没有一丁点声音，但我分明听到了少女们欢快喜悦的笑声，就像汩（gǔ）汩②的清泉，化作千百条向前奔涌的小河

---

① 门可罗雀：形容门庭冷清，宾客稀少。
② 汩汩：拟声词，形容水流动的声音或样子。

流。少女们互相追逐打闹，跑向那条河，她们很快跑过我身边，根本没注意到我。因为我看不到她们，所以她们也看不到我。但我感受到，原本平静无波的清浅河水，此刻突然泛起波澜。少女们用手臂搅动着河水，手腕上的链镯叮当作响，她们嬉笑着向彼此扬起水花，用双脚激起轻柔的波浪。

我心中一阵战栗，很难说是兴奋、恐惧、喜悦，还是好奇。我渴望再看清她们一些，但眼前空空如也。我以为竖起耳朵就能听见她们说什么，然而无论我怎么努力，只听得到树林中的蝉鸣。我的眼前仿佛悬挂了一道二百五十年的黑色帷幕，我颤抖着双手掀起一角来窥（kuī）探①，可帷幕之后一片黑暗，什么也看不见。

突然，一阵风吹走了令人窒息的闷热，苏斯塔河泛起了涟漪，仿佛林中仙女的长发微微飘动，与此同时，被暗夜笼罩的森林传来一阵低语，似乎刚从幽暗的梦中醒来。现实也好，梦境也罢，这幅来自二百五十年前的海市蜃（shèng）楼般的奇景在我短暂瞥了一眼之后，便匆匆消逝了：神秘的少女们如风般经过我身边，跃入苏斯塔河，步伐轻盈，笑声清亮；她们出浴时并没有拧干她们的长裙，也没有经过我的身边，而是像一阵风吹散了芬芳一样，消散在涌动的河水之中。

那时，我十分担心这是缪（miù）斯女神利用我的孤独在迷惑我。显然，女神会毁掉我这个靠收棉花税为生的可怜虫。

---

① 窥探：指暗中观察。

我决定好好地吃一顿晚餐，毕竟在空腹时，种种疾病会乘虚而入。我叫来了厨师，点了一顿融合了印度与中亚地区风味的豪华晚餐，它充满香料和酥油的味道。

次日早晨，我睡醒后，回想起昨晚发生的事情觉得有些可笑。我戴上了类似军官戴的那种太阳帽，心情愉悦地驾车去上班。那天，我需要写完季度报告，预计会晚些回来，可是还没等到天黑，一股奇异的吸引力便召唤着我回去，我说不清楚这是一种什么样的感觉，但我知道她们在等我，而我不能再拖延了。我扔下了没写完的报告，站起来戴上太阳帽走出了大门。辚（lín）辚的马车声惊扰了幽暗荒凉的小径，我又回到了那座矗（chù）立在幽暗的群山边缘、空旷冷清的宫殿之中。

楼梯通向二楼，它的尽头是十分宽敞的大厅，大厅内有三排巨大的立柱，这些立柱支撑着雕刻了精美图案的拱形屋顶，它们因不堪承受孤独的重量而日夜悲鸣。

天色刚晚，此时宫殿内还没有点灯。

我一推开门，便感到屋内好像骚动起来，仿佛有一群人在混乱中被冲散了，从四周的门窗里四散逃离。但我没有看到任何人影，只能怔怔地站在那儿。我全身战栗着，一阵像已经发酵很久的脂粉和香水的味道扑鼻而来。我站在黑暗、冷清的宫殿中，站在古老的立柱间仔细倾听着。我能听到汩汩的清泉冲刷在大理石地面上的撞击声，听到吉他弹出的奇异乐曲声，听到宫内装饰的碰撞声，听到少女的脚镯发出的清脆铃声，听到巨大的座钟报时的钟声，听到远方奏响的婚礼的鼓乐声，听到微风吹晃吊灯灯臂的摇动声，听到走廊上笼中夜莺的歌唱声，还有鹳（guàn）鸟在花园里的细语声。周围的这些声音全都汇集在了一起，构成了一首我从未听过的天籁之曲。

我被这种幻觉困扰着。我似乎觉得，这种无法碰触、神秘莫测、完全虚幻的情景，是世界上唯一真实的。也就是说，我，一位不知名的先生，某位逝者的长子、棉花税的收税人，每月领着四百五十卢比的薪资，每天穿着制服、驾着双轮马车去上班——关于自己的一切都是那么可笑，既虚假又缥缈。想到这儿，我站在空旷、寂静、昏暗的宫殿里，哈哈大笑起来。

就在这时，我的仆人提着点亮的煤油灯走了进来。我不知道他是否觉得我疯了，但就在此时，我突然清醒过来。我确确实实是一位逝者的长子。我还想到，诗人无论伟大还是渺小，他们都有自己的梦境，在那里，总有看不见的喷泉在喷水，总有看不见的双手拨动吉他动人的琴弦，弹奏永恒的和谐；这一梦境，或在宇宙之内，或在宇宙之外。但我至少能确定，我在巴里奇的棉花市场收税，每月挣着四百五十卢比的薪资。随后，我借着煤油灯的光亮读起了报纸，陶醉于自己刚才的奇思妙想之中，傻傻地笑了起来。

看完报纸、吃完丰盛的大餐后，我熄灭了煤油灯，在小厢房的床上躺了下来。

我看向窗外，幽暗的灌木丛在阿瓦利群山的脚下肆意生长着，一颗闪亮的启明星高悬在山顶上空。星光照进打开的窗子,这颗星星远挂在千里之外的天边,像是在有意地盯着我这位睡在简陋小床上的收税先生。我惊讶于自己的想法,又感到好笑,后来,我在不知不觉中睡着了。

不知睡了多久,我突然惊醒了,但我并没有听见什么声响,也没看到屋里有其他人。在漆黑的群山上方,闪亮的星星早已消失不见,一弯新月发出的微光偷偷地溜进了我的窗户。

虽然我没有看到任何人,却感觉到有人在用手指温柔地推着我。我醒后,她不发一言,用戴着戒指的手指示意我小心地跟上她。我站起身来,没发出一点响声。在这座有着成百上千的房间、充满魔幻曲调和旋律的宫殿里,除了我之外再没有其他人,但我踏出的每一步都极为小心,仿佛害怕惊醒了什么人。宫殿里的大多数房间关着门,我之前从未进去过。

我屏息凝神,小心翼翼地跟随着这位看不见的女向导,我不知道自己来到了何处,也记不清自己到底穿过了多少条没有尽头、黑暗狭窄的甬道,经过了多少间安静空旷的客厅,又路过了多少间紧闭着房门的小屋……

我虽然看不见这位美丽的女向导,却能在心中想象出她的模样:她是一个阿拉伯少女,她那乳白色的手臂宛如大理石般紧致光洁,在宽大的衣袖里若隐若现;脸上戴着的一层轻薄面纱,遮住了她花朵般的面庞,腰间还别着一把弯刀。

我觉得自己好像走进了《一千零一夜》中的魔幻世界,在深夜里,走

在巴格达某条狭窄昏暗的小巷中,进行着一场冒险的旅行。

最后,美丽的向导忽然停在了一块帷幕前,似乎在指着地上的什么东西,那里空无一物,顺着她手指的方向看去,我突然感到一阵恐惧,因为我似乎能感觉到,在那块帷幕的下面躺着一个样貌可怕的埃塞俄比亚战士,他穿着华丽的绸缎,怀抱着一把宝剑,坐在那儿休息。美丽的女向导轻轻地跨过他的腿,掀起了帷幕的一角。

透过帷幕,我瞥见房间的空地上铺着精美的波斯地毯,地毯的宝座上坐着一个人。我看不清她,只能看见在她那黄色的衣袍下,有一双穿着锦缎绣花鞋的美丽小脚,那双脚慵(yōng)懒地踩在天鹅绒的地毯上。桌子上摆放着透明托盘,上面有几个苹果、梨和橘子,还有几串葡萄。旁边还放着一个用点金雕花

装饰的玻璃酒瓶和两个小酒杯，像是准备招待客人。房间内点燃了奇特的熏香，散发出迷人的香味，萦（yíng）绕在我的周围。

我尝试着跨过那个战士的腿，心脏怦怦直跳。他却突然惊醒过来，怀中的宝剑掉在大理石地面上发出尖锐的响声。这时，一道恐怖的尖叫声吓得我跳了起来，我醒来后发现自己还睡在小床上，但已经满身是汗。清晨的弯月蜡黄，像是睡醒之后的虚弱病人。疯子梅赫尔·阿里按照惯例，天不亮时就在偏僻的小巷中大喊着："滚开！全是幻觉，全是幻觉！"

一千零一夜中的第一夜就这样戛（jiá）然而止①，不过，我还有余下的一千个夜晚呢。

我的生活开始日夜分裂：白天，我拖着疲惫不堪的身体去工作，不停地咒骂那着魔的夜晚和虚幻的梦境，可是一到晚上，我又觉得，白天的工作和生活虚假、荒谬、可笑，而且毫无价值。

黄昏到来时，我又陶醉于那奇异的梦境。我会摇身一变，成为几百年前某位在历史上并不知名的人物，这时，我觉得英式短大衣和紧身马裤已经不合时宜，便戴上红色的天鹅绒头巾，再穿上宽松的上衣和柔滑的丝绸长袍，我还会在颜色鲜艳的头巾上洒点香水。总之，我细致地装扮了一番，坐在高高的椅子上，把香烟换成了装满玫瑰花水的水烟筒，强烈地渴望着与心爱之人来一场浪漫的幽会。

---

① 戛然而止：忽然停止。

随着夜色渐浓，这里到底发生了多少件魔幻的事情，我已经无法用语言来描述了。

在这空旷的宫殿中，奇幻故事的残页散落在各个古怪的房间里，在一阵和煦（xù）的微风中翻飞着。我在很远的地方拾起了这些残页，却找不到记载它后面故事的纸页。我奔跑着追寻这些故事的残页，从一个房间游荡至另一个房间，追寻了整个夜晚。

我深陷在梦境的旋涡里，有时，一位少女会在花瓣的香气中，在吉他弹出的旋律中，在弥漫着芬芳的空气中像闪电一样现身。她穿着鲜艳的裤子，双脚白里透红，脚趾微微蜷曲着，脚上穿着锦缎绣花鞋。她的上身穿着金线织成的紧身衣，戴着华丽的红色帽子，金色的流苏亲吻着她的额头和脸颊。

她的模样像电火花般闪现出来，但一瞬间又消失了。

我为她着迷、痴狂。为了追寻她的身影，每晚我都会沉浸在梦境中。我走进一个又一个房间，踏过一条又一条小路，穿行在复杂如迷宫般的小巷中，不停地徘徊着。

在一个黄昏，我坐在一面大镜子前，在镜子两边点燃了两支蜡烛，我把自己打扮成拥有皇家血统的王子。这时，我突然在镜子中看到了一位波斯少女，她就站在我的身边依偎着我。她低着头，睫毛长长的，大眼睛黝黑明亮，她用含情脉脉而又充满痛苦的神情看着我。她轻启小巧的红唇，像是在对我诉说着什么。她又开始跳起舞来，美丽的少女正值青春妙龄，身形窈窕（yǎotiǎo），舞步优雅灵动，像一朵在藤蔓上盛开的花。可转眼间，她又消失得无影无踪。

这时，一阵暴风吹灭了我身边的蜡烛，也卷走了山林的清香。我走进化妆间旁边的卧室，躺在床上闭上了眼睛。在周围温暖的和风中、山林的香气里，以及孤寂的黑暗中仿佛飘着浓浓的爱意，我仿佛能听到少女在轻柔地对我私语，她那喷洒着香水的丝巾一次又一次地拂过我的面颊。这位迷人的少女像一条神秘的大蛇，用丝巾一圈圈地箍（gū）紧了我，我沉重地呼吸着，终于一点点地失去了知觉，坠入了梦乡。

又一个黄昏，我打算骑马离开宫殿去兜风，但我能感觉到，不知是谁总想阻拦我，我没有屈从。我拿起衣架上的太阳帽和短大衣正要出发，突然，一阵狂风袭来，它裹挟（xié）着苏斯塔河的泥沙和阿瓦利群山的枯叶直冲向天空，风浪一圈又一圈地翻滚着，形成了一股强烈的旋风。这时，一阵欢快的笑声随着旋风的升起愈发变得响亮起来，狂风拍击着摆动的窗帘，又直冲向天空，最后逐渐消散于日落之处。

那天傍晚，我没有出门。就在那天深夜，我再次突然间惊醒，我仿佛听见有人在大声哭泣，哭声好像来自我的床下，来自这座庞大宫殿的地基之下。那声音在黑暗潮湿的洞穴深处对我哀泣相求道："啊！请你救救我吧！请你快点打碎这些幻觉，砸毁那扇让你陷入噩梦的大门，让我坐上你的马鞍，带我一起穿过高山、森林、河流，到那阳光普照的大地上吧！"

我算是什么人？我如何能拯救你？怎样才能将深陷梦境旋涡的你救上岸？哦！美丽缥缈的女子！你是什么时候出生的？你住在哪儿？是哪一汪凉爽的清泉、哪一片椰枣林，见证了你的诞生？你的母亲是哪一位无家可归的荒漠旅人？哪一个邪恶的强盗像摘下藤蔓上初生的花蕾那样，把你从母亲的怀中掳（lǔ）走，又骑上骏马，穿过炽热的沙漠，将你送到了王城的奴隶市场？在那里，是哪一位皇宫侍从看到羞涩的你散发出的少女光芒，花重金将你买下，将你送上金轿子，当成礼物送入皇宫？而你又被国王打入了哪座冷宫？啊！那里的历史是何等奇异！在尼泊尔传统乐器萨伦吉琴的演奏声和少女脚链的叮当声中，竟然闪烁着刀光剑影。这里有着毒酒燃烧形成的火焰，有着凡人无法想象的堕落与奢华，还有着暗无天日的囚牢和监禁！

两个服侍国王的女奴挥舞着用牦牛尾巴和孔雀羽毛制成的拂尘，手腕上的钻石链镯闪闪发光，万人之上的皇帝躺在她们雪白的双脚之间。可怕的阿比西尼亚太监①站在门外，手持一把带鞘的剑，他穿着天使的衣袍，却像一个死亡的信使。

我能看见，你已经被那污秽的鲜血淹没，被嫉妒的气息和阴谋诡计形成的激流卷走，你像沙漠中的花朵被扔进了充满死亡气息的海洋里，又被残酷无情地抛到岸边。这美丽的女人啊，你到底在哪里？你又是哪个历史时期的人？

突然，疯子梅赫尔·阿里又在大喊："幻觉！滚开！全都是假的！是假的！"

我睁开眼睛，天已大亮。门卫给我送来了信件，厨师正恭敬地问我今天想吃些什么。

我说："不用了，我不能再住在这座宫殿了。"

于是，当天我就打包行李，搬进了办公室。老员工卡里姆·汗看到我到来，微微一笑。我对他的态度有些愠（yùn）怒，但没有理睬他，一头扎进了工作中。

随着夜幕降临，我变得越来越焦躁不安。我仿佛觉得有什么东西正等待着我去赴约。查棉花税账目的工作似乎变得毫无价值，甚至连尼扎姆王公定

---

① 阿比西尼亚太监：不同于中国古代的阉（yān）臣，在这里意为拥有权势和地位的一种官阶。

下的工作规矩都不那么重要了。当下的一切，我的工作、饮食全都变得微不足道，毫无意义，既可怜又可笑。

我扔下钢笔，合上账本，驾着双轮马车离开了办公室。一路上，我神情恍惚，但等我反应过来时，惊讶地发现，马车竟然在黄昏时分自动停在了那座大理石宫殿的门口。我快速下了车，踏上台阶，再次潜进了宫殿。

今晚格外安静。黑暗的房间死气沉沉，它们似乎在对之前逃走的我表达着不满。我满心愧疚地走进屋子，却不知道该向谁袒（tǎn）露心声，又该求谁原谅。此时，宫殿里除了我之外，一个人都没有。

我沮丧地在这些暗室中游荡着。我想，倘若我有一把吉他，便要向那个未知之人吟唱："啊，火神！背叛了你的可怜飞蛾此刻已回心转意，它不顾一切地又飞回到你的身边！只此一次，请你原谅它，将它的双翅烧成灰烬（jìn）。"

突然间，大滴的雨水掉在我的眉间。那天晚上，大片乌云聚集在阿瓦利群山之上。树林昏黑，河水发乌，整座宫殿陷入了可怕且不祥的宁静之中，它们在等待着暴风雨的降临。霎时间，天空、河流和大地剧烈地摇晃着，狂野的暴风雨横冲直撞，怒吼着穿过茂密的树林，像刚挣脱锁链的疯子一样。在破旧的宫殿大厅里，各个房间的门被暴风吹开后撞击着墙壁，砰砰作响，像在发出极度痛苦的呜咽声。

今晚，所有的仆人都住在办公室，宫殿里没人过来点灯。夜晚阴云密布,没有一丝月光。在看不见任何光亮的漆黑房间里,我感觉到有一个女人趴在床下的地毯上,她绝望地握紧拳头,在撕扯着自己松散的长发,鲜血顺着她美丽的眉毛流在脸上。她时而哈哈大笑,时而边呻吟边号啕大哭。暴风呼啸着刮进窗户,大雨倾盆而下,将她淋得浑身湿透。

风暴声和她悲恸(tòng)的哭声持续了整整一夜。我被无尽的黑暗淹没着,既悲伤又无力。身旁无人,我该安慰的是谁呢?是谁,在经受这么强烈的苦痛和悲伤?那种心灵上的痛苦和悲伤又是如何产生的呢?

疯子梅赫尔·阿里又喊道:"退后!退后!全都是假的!都是假的!"

我发现天色已大亮,而梅赫尔·阿里在暴风雨中依照惯例,像往常一样重复地叫喊着。我突然想到,尽管他已经疯了,依旧每天都来,在这里四处查看,或许他也曾住在这里,被大理石魔鬼施展的幻觉吸引。

在这暴风雨肆虐（nüè）的时刻，我不顾一切地冲过去问他："阿里，你刚才说什么是假的？"

他没有回答，猛地推开了我，像是被怪物引诱而游走着，又像迷路的鸟儿一样尖叫着，他围绕着宫殿不停地游荡，只是为了对自己发出警告："幻觉！滚开！全都是假的！是假的！"他那刺耳的声音里充满绝望。

我也像个疯子一样冲进瓢泼大雨中，再跑到我的办公室问卡里姆·汗："告诉我这一切都是怎么回事？"

我从这位老员工的口中得知，在历史上的某段时间，人们那无法满足的欲望和疯狂的享乐在这座宫殿里像火焰般燃烧着。那些愿望落空后的诅咒和带着绝望的仇视让宫殿里的每根石柱都变得饥渴、贪婪。一旦有活人接近这里，它们就会像一个饥饿的食人女妖般将其吞噬（shì）。迄今为止，凡是在这里连续住上三个晚上的人，几乎无一幸免，除了梅赫尔·阿里侥幸逃了出来，但他也付出了代价，变成了疯子。从那之后，再没有人能从它的吞噬中获救。

我问："那岂不是没有任何方法助我逃脱？"

卡里姆·汗回答："只有一个办法，不过非常难。首先，我得告诉你一个在这花园里当过仆人的波斯女人的故事，在这个世界上，再没有比这更加奇异、更加令人肝肠寸断的故事了……"

就在这时，火车站的苦力工说，火车要进站了，故事到此被打断了。

这么快？火车开始鸣笛，我们也急着开始打包行李。

火车上的一位英国绅士刚从睡梦中醒来，他从一等车厢看向这边，努力地想看清车站的名字。

当刚看到我们新结识的这位朋友时，便大声地向他打起招呼，然后把这位朋友请进了一等车厢。

我们在进了二等车厢后，便再没机会听那位朋友讲述故事的结局了。

我对亲戚说："那个男人很明显是在愚弄我们，拿我们取乐。他的故事从始至终都是编造的。"

坚信神学的亲戚不同意我的观点，在和我争辩一番之后，便和我绝交了。

笔记本

乌玛自从学会写字,就在家里制造了许多麻烦。家里的每一个房间、每一面墙上都留有她潦草的笔迹。她用歪歪斜斜的笔画在墙上写下稚嫩的大字:"水落下,叶摇晃。"

她在嫂子的枕头下面发现了一本书——《哈利达斯的秘密》。她用铅笔在这本书的每一页都写下:"黑色的水,红色的花。"

甚至连家里经常使用的日历也没能幸免。她在上面写了许多大字,涂污了印在上面的星星花边。

她还在父亲日常记账的本子上写道:"努力学习的人会过上美好生活。"

乌玛很努力地练习写字,这种行为并没有对家里造成妨碍,因此在很长一段时间里，家中并没有人出来制止她，但是后来发生了一件很不愉快的事情。

乌玛的哥哥戈温德勒（lè）尔，看起来并不聪明，但他能定期为报纸和其他出版机构供稿。和戈温德勒尔聊过天的亲戚朋友都认为他是位知识分子，了解他的街坊邻里们也从不怀疑他是一个很有头脑的人。他的想法很多，善于思考，而且他的确很会写作，在他的作品中，一些观点与很多读者的观点是一致的。

在当代欧洲的科学家中，他们对有关解剖学的理论存在着一些错误的观点。戈温德勒尔竟然在没有引用任何科学论据的情况下，就写出了一篇言辞激昂、慷慨生动的文章，他对这些错误的观点进行了猛烈的抨击，这一点实在是令人拍案叫绝。

一天下午，乌玛一个人在家，她用哥哥的墨水和钢笔在那篇文章上乱涂乱画。她写道："戈帕尔是个好男孩，喂他什么，他就吃什么。"

我认为，她写的"戈帕尔"并不是在影射戈温德勒尔的读者们。不过，戈温德勒尔发现此事后却大发雷霆。他先是痛打了乌玛一顿，又没收了她格外珍惜的书画小文具——一个小铅笔头和一支墨迹斑斑已经发钝的钢笔。小女孩坐在家里一个不起眼的角落里伤心地哭了起来，因为年纪太小，她一点也不明白自己为什么会受到这样的惩罚。

惩罚完乌玛之后，哥哥有些后悔，于是，他把没收的小文具还给了妹妹，为了让妹妹不再伤心，他还送给了她一个硬壳的精装笔记本。

这个笔记本成了七岁乌玛最自豪、珍贵的宝贝。晚上睡觉时，她会把笔记本放在枕头下面；白天她则将它放在腿上，没有一刻不带在身上。当梳着整齐的发辫，由女仆陪着去村里的女子学校上学时，她也随身带着这本笔记本。女孩们看见了，有的感到惊讶，有的羡慕或是嫉妒她。

第一年，她在笔记本上认真地写下：

"鸟儿在快乐地鸣叫，夜晚结束啦。"她坐

在卧室的地板上，紧紧地抓着笔记本，一边用清亮悦耳的声音朗读着，一边写字。过了一段时间，乌玛便在本子上收录了许多散文和诗歌。

第二年，她开始写一些文字来表达思想，这些文字没有开头和结尾，言简意赅，但是内容很好。其中有些篇章可以直接引用。

乌玛从一位孟加拉著名学者的作品《寓言集》中摘抄了一个虎与鹤的故事，紧接着她写了一行话："我很喜欢耶斯希。"这句话与这个故事和当代孟加拉文学都毫无关联。

现在，我必须向读者指明的是，这不是一个爱情故事。"耶斯希"不是一个男孩的名字，而是家中女仆的昵称，她的真名是"耶斯霍德"。

然而，这简单的一句话并不足以表明乌玛对耶斯希的态度。如果有人想真实地记录下她们两人的故事，那他只要多翻几页，就会发现一些和上面那段话完全不同的看法。

类似的事情不止一件。事实上，乌玛的本子里满是前后矛盾的语句。比如说，她在日记本的某一页写道："我再也不和赫丽讲话啦（赫丽是她的同学赫丽德希德的昵称）！"然而，往后翻几页，她又写了几句话，这些话很容易让人相信赫丽如今是她全世界最好的朋友。

又过了一年，乌玛九岁了。

在某个吉日的早晨，乌玛的家里响起了唢呐声。乌玛要结婚了。新郎叫普耶莫里汉，与乌玛哥哥是同行，也是个作者。新郎很年轻，受过一定程度的教育，但他的思想十分守旧。保守的邻居们都对他赞赏有加。戈温德勒尔也在试图模仿这位同事，却很难学到精髓。

乌玛穿着华贵的贝拿勒斯纱丽，脸上蒙着面纱，一张娇小的脸上满是泪水，她要去丈夫家了。临行前，她与母亲告别，母亲嘱咐她道："亲爱的女儿，你要听婆婆的话。记得把家务都做了，别再读书写字了。"

哥哥戈温德勒尔也叮嘱她道："听着，不要在婆家的墙上乱写乱画，他们家的人很严厉。还有，别用钢笔乱涂普耶莫里汉的文章！"

小女孩听着娘家人的嘱咐，心里害怕极了。她意识到在新家里，没有人会原谅她犯下的错。在那里，她要弄明白什么是罪过、错误和缺点，还要学习众多的生活技能，也免不了被婆家人责骂。

在乌玛出嫁那天，一大早就响起了唢呐声。那个穿着贝拿勒斯纱丽、戴着婚礼首饰的小女孩的心一直在颤抖着，她的心中到底是什么滋味？在场的人没有一个能感同身受。

乌玛的女仆耶斯希跟随着乌玛来到婆家。耶斯希打算陪着小主人住一段日子，等乌玛在婆家安顿好再回来。

耶斯希对待乌玛像慈母一样，经过再三考虑，她把乌玛的笔记本带了过来。这个笔记本属于娘家的陪嫁，是年幼的乌玛在自己家度过的短暂岁月中一段宝贵的回忆。这也是父母包容爱护着乌玛的一段历史，而且是用充满童稚、歪扭的笔迹记录下来的。对乌玛来说，这个笔记本象征着一种甜蜜而迷

人的自由，能让过早承担家务重任的她回忆起童年的快乐。

　　在婆家的头几天，她没在本子上写下一个字，也根本没有时间写。几天之后，耶斯希终于要回去了。那天，乌玛关上门，从一个锡盒里拿出她珍爱的笔记本，边哭边写道："耶斯希回家了，我也想回家，回去找妈妈。"

　　如今，她没有多余的时间来摘抄启蒙学习课本《查如帕·波多达伊》和凯特·肖邦的小说《觉醒》中的故事了，也没有兴趣去做这些事了。所以，她在笔记本上不再写一些长篇大论了。在上次写下的那句话后面她写道："如果哥哥来接我回家，我再也不乱涂他的文章了。"

　　据说，乌玛的父亲有时想接女儿回家看看，但乌玛的哥哥和丈夫总会密谋阻止这件事。

　　哥哥戈温德勒尔向父亲解释："现在正是她学习侍奉丈夫的最佳时机，如果现在定期让她回娘家，她会沉溺（nì）于父母的爱中，这只会扰乱她的心神。"戈温德勒尔还以此为主题，写了一篇颇具说服力的文章。文章中充斥着说教与讽刺的意味，这让许多同他观点一致的读者为之折服。

　　在婆家的乌玛听到了人们对哥哥文章的议论，忍不住在笔记本上写道："哥哥，求你马上带我回家吧，我再也不会惹你生气了。"

　　一个宁静的午后，乌玛插上了门闩（shuān），又开始在笔记本上记录日常生活的点滴。小姑子蒂拉克·曼杰丽好奇心很重，她看见乌玛总是闩上门，便想知道乌玛到底在干什么。她从门上的小洞里窥见，乌玛正在写东西，这让她非常惊讶。因为在此之前，智慧和知识女神萨拉斯瓦底还从未眷（juàn）顾过家中的女流之辈。

蒂拉克·曼杰丽的妹妹卡娜克·曼杰丽也模仿姐姐从门上的洞往里偷看。不一会儿，更小的妹妹阿娜恩加·曼杰丽也来了，但是她太小了，够不到那个洞，于是便颤颤巍巍地踮起脚，勉强地发现了门后的秘密。

乌玛正写得入神，忽然听到屋外有人"咯咯"地笑着，她很快意识到是怎么回事，便马上把笔记本放回锡盒中锁好。乌玛当时觉得很羞愧，把脸藏在被子里好一阵子。

普耶莫里汉很快知道了这件事，感到十分困扰。一旦妻子开始读书学习，马上便会接触小说和戏剧，到那时，传统的家庭观念便会受到冲击。

普耶莫里汉在经过深思熟虑后，总结出了一套精妙的理论。他说，男性力量与女性力量的优美结合为婚姻生活赋予力量和价值。然而，读书写字会摧毁女人的女性力量，赋予她们婚姻中地位更高的男性力量，这一点令他担忧。他认为，两种男性力量共存会导致冲突，进而使和睦的婚姻出现裂痕，甚至令妻子成为遗孀（shuāng），为家庭带来厄运。不用说，他的这套理论得到了全家人的支持。

晚上回家后，普耶莫里汉痛斥乌玛并嘲讽她偷偷写作的事。他说："看看我们眼下的日子吧！我们的乌玛女士很快就能在耳朵上别着钢笔去坐办公室了！"

对于尚且年幼的乌玛来说，理解她丈夫话中的讽刺有些困难。她之前从未读过丈夫的文章，也没有幽默感来捕捉那些讽刺的真正含义。他的手势让乌玛感到极度羞愧与尴尬（gāngà），她颤抖着蜷缩成一团，祈祷有条地缝能让她钻进去，好让她摆脱这种羞耻感。

这件事之后，有很长一段时间乌玛没有再写字。后来，在一个美丽的秋日早晨，有个流浪女歌手在门外唱起了歌。乌玛把脸贴在窗棂（líng）上，全神贯注地聆听着。秋日的阳光很温暖，这让乌玛愈发怀念童年的时光。流浪女歌手唱起了孟加拉民歌《阿格曼妮》，歌曲的内容是讲述杜尔迦女神回娘家的故事，这让乌玛更加按捺不住心中的悲伤。

乌玛不会唱歌，但她养成了抄写歌词的习惯，以此弥补自己不会唱歌的遗憾。

流浪女歌手唱道：

村民们告诉她：乌玛的妈妈，出来看看吧，
走失的星星已经回家。
听到这，不安的妈妈跑出了家。
在哪里，在哪里，我可爱的女儿乌玛？
妈妈呼喊着她，是你回来了吗，我的乌玛？
快过来呀，来看一次妈妈，让我把你抱在怀里。
乌玛伸出双手，拥抱妈妈，

委屈地望向妈妈，问她：为什么不来接我回家？

此刻，乌玛的心里充满委屈，眼泪涌入她的眼眶。她把流浪女歌手悄悄叫进屋来，关上门，在笔记本上认真地抄写歌词。

三个小姑子蒂拉克·曼杰丽、卡娜克·曼杰丽和阿娜恩加·曼杰丽又从门上的小洞把这一切看得清清楚楚，她们一起拍着手嘲弄她："我们的嫂嫂，你做的事我们可都看见啦！"

乌玛急忙打开门，向她们恳求道："我亲爱的小姑们，求你们不要告诉任何人！我求求你们，别说出去，我再也不写了。"

这时，乌玛发现蒂拉克·曼杰丽在盯着她的笔记本。乌玛跑过去把本子紧紧地抱在胸前。

三个小姑子使尽力气想把本子抢过来，但没有成功，于是，她们只好叫来了那位聪明的哥哥。

普耶莫里汉走进房间，阴沉着脸坐在床上。

他怒吼一声："把本子给我！"乌玛不为所动，普耶莫里汉重复了一次命令，声音更大了："把它给我！"

乌玛仍旧紧紧地把笔记本抱在胸前，用哀求的眼神看着丈夫。普耶莫里汉不由分说地跑过来抢她的本子，她随即把本子往地上一扔，跌坐在地上，用手捂住脸。

普耶莫里汉从地上捡起本子，大声念出本子上的内容，丈夫每念一句，乌玛的脸就与地面贴得更紧，三个小姑子瞧见她的窘迫样，发出一阵大笑。

自那天起，乌玛再也没有见过她的笔记本。其实，普耶莫里汉也有一个笔记本，他在上面写满了文章，语气尖酸刻薄，不过，还没有哪个人敢夺走他的笔记本并毁掉它。

秘密财宝

一

在古代的印度曾发生过这样一个故事。

在一个朔（shuò）①日的夜晚，姆里特伊温乔伊正在祭拜家神。祭拜结束后，他从跪垫上起身。此时，附近的芒果树上传来了几声乌鸦叫，这预示着天已破晓。

姆里特伊温乔伊向家神磕了最后一个头以示尊敬。然后，他挪开神像的底座，拿出藏在下面的小木盒，拧动钥匙打开它，发现里面竟然空空如也。

---

① 朔日：指每月的第一天。

他难以置信地猛拍自己的额头,感到无比恼怒。

姆里特伊温乔伊家有一座花园,四面皆是围墙。用来祭神的这座小庙坐落于花园的一角,掩映于浓密的树荫中。小庙只有一扇门,庙里除了一座神像别无他物。姆里特伊温乔伊在小庙里坐了很久,反复摇晃着那个小木盒。小木盒之前是上了锁的,并没有被人砸坏过。姆里特伊温乔伊在神像周围走来走去,摸摸这儿,翻翻那儿,但一直没有找到他想要的东西,他像个疯子一样在小庙周围踱着步。

清晨的阳光照亮了花园,他猛地推门而出,一缕阳光照在了他的身上。姆里特伊温乔伊来到小庙前的空地上,像生了一场大病一样躺在地上,脑子里一片昏沉。

突然间,他听到了有人在跟他打招呼:"早上好,我的孩子。"

姆里特伊温乔伊循声望去,他看到一位胡须飘逸的出家人站在自己面前。他带着深切的敬意,向出家人行触脚礼。

出家人为他祈福后说道:"孩子,你不必为失去的东西感到难过。"

听到这句话,姆里特伊温乔伊十分惊讶:"看来您无所不知,不然您怎么会知道我正在因为什么事而难过呢?我不曾对任何人袒露过心声啊!"

出家人说:"孩子,你听我说,你应该为失去的东西感到喜悦,而不是感到悲伤。"

姆里特伊温乔伊握住出家人的脚背,说道:"您无所不知,一定知道我弄丢的是什么,您一定能告诉我该怎样才能找回它。您若不告诉我的话,我就不松手。"

"如果我告诉你,你就会倒霉。不要为神拿走的东西而悲伤,这是为了你好。"出家人说。

为了让出家人答应自己的要求,姆里特伊温乔伊一整天都在服侍他。然而,第二天早晨他去给出家人送牛奶时发现,那个出家人已经离开了。

其实,早在姆里特伊温乔伊的祖父赫里哈尔还是个男孩的时候,就曾发生过一件类似的事情。

那时,赫里哈尔在家中花园的同一片空地上休息,有一位出家人来到赫里哈尔的面前,对他说:"早上好,我的孩子。"出于对出家人的尊敬,赫里哈尔邀请他在家里小住几日,并且尽心尽力地服侍他。

那位出家人在离开时问赫里哈尔:"你想得到什么回报?"

赫里哈尔回答:"要是您还满意我的服侍,请听听我的心声。过去,我们家是村里的有钱人家，每个人都羡慕我们，对我们毕恭毕敬，但后来我们家变穷了，村里人开始瞧不起我们，甚至连一个曾经受过我们恩惠的人也对我们颐指气使，我们只能忍气吞声。求您告诉我该如何重拾家族昔日的荣光，再次变得富有起来。"

出家人笑了，说："孩子，穷人也能过得很快乐，金钱对你没有任何好处，相反，一个处心积虑想要发财的人是过不好日子的，你还是抛弃这些愚蠢的念头吧。"

然而，赫里哈尔还是坚持着自己的想法，他苦苦哀求着出家人，说自己哪怕受尽苦难，也想变得富有。于是，出家人从包袱里拿出了一张很老旧的纸，看起来像一张卷起来的藏宝图。他将这张纸展开后在地上铺平。赫里哈尔看到纸上画着各种各样罗盘形状的标志和五花八门的符号，像是一张占星图。图的最下面是一首用孟加拉语记录的押韵诗，诗的开头如下：

<blockquote>
去掉Radha的Ra，
加在最后的是Ra，
还有一个Pagol，
也要去掉它的Pa。
罗望子树和榕树在拥抱，
你再一直向南跑。
在那东方的闪亮处，
</blockquote>

> 有一桌丰盛的财富宴，
> 高僧指引你找到。

赫里哈尔对出家人说："我完全看不懂上面的内容。"

出家人回答："带上这张纸，去祭拜杜尔迦女神，女神会庇（bì）佑你家族中的某个人，指引他理解这首诗的含义。到那时，你们家族会得到取之不尽、用之不竭的财宝。"

赫里哈尔请求这位出家人多说一点关于藏宝图的内容，并告诉他这首诗的含义，但是出家人说："不行，因为我也不知道这首诗的含义，无法告诉你，而且这张图上的内容是人们通过修行得到的，你得自己去思索。"

这时候，赫里哈尔的弟弟斯汉卡尔来了，赫里哈尔赶紧把这张纸藏了起来。

出家人见状，笑着对他说："寻宝之路的困难已经初现端倪。不过，你不用把它藏着掖（yē）着，因为在你的家族中，只有一个人可以理解这首诗的含义，其他人无论花费多少力气，都无法弄懂。而且，我们无法提前知道那个人是谁。所以你无须烦恼，可以把这张纸给任何人看。"

出家人说完便离开了。尽管赫里哈尔听了出家人的劝说，但还是忍不住把那张藏宝图藏了起来。他担心有人理解这首诗的含义，从而得到这笔他已认定属于自己的财富。这个想法时刻困扰着他，于是他把这张纸放进小木盒，藏到小庙的杜尔迦女神像的底座下面。在每个新月的夜里，赫里哈尔都会去祭拜家神，祭拜过后，就会拿出那张纸看看，希望能突然理解那首诗的含义。

弟弟斯汉卡尔缠着赫里哈尔，想要看那张纸。但是赫里哈尔告诉弟弟他已经把那张纸烧了。

"那个出家人就是个骗子，他在那张纸上胡乱写了一些没意义的话糊弄我，我才不上当呢，就一把火把它烧了。"

斯汉卡尔听后什么都没说。一天，斯汉卡尔忽然离家出走了，从此之后杳无音讯。

赫里哈尔总在想着寻宝的事，他像醉汉一样对纸上的财宝魂牵梦绕，又像没头苍蝇一样乱冲乱撞，根本没有心思工作，一心只想研究出宝图上的秘密，以致荒废了事业。

日子就这样一天天过去了，临终时，他将这张纸传给了长子斯赫亚马帕德。斯赫亚马帕德一拿到这张纸也放弃了工作，终日祭拜杜尔迦女神，试图弄懂这首诗的含义。

而姆里特伊温乔伊是斯赫亚马帕德的长子，在斯赫亚马帕德去世后，他又从父亲那里继承了这张藏宝图，就这样，这张藏宝图传了祖孙三代。姆里特伊温乔伊的生活每况愈下，他心想，只要他能找到宝藏，还会愁买不到想要的东西吗？于是，他也日益沉迷于破解这张宝图的秘密。

小木盒里的宝图不翼而飞的那天，碰巧那个出家人来了又离开。姆里特伊温乔伊敢肯定，那个出家人知道所有问题的答案。

于是，他决定离开家去寻找出家人。为了找到他，姆里特伊温乔伊在外游历了一年。

二

姆里特伊温乔伊走到了一个名为德哈勒戈尔的村庄。他坐在一家杂货店里抽着水烟，独自沉思着。这时，他看到一位托钵（bō）僧正要走进不远处的一片森林。起初，姆里特伊温乔伊并没有留意那位僧人，不过他突然间反应过来，那个托钵僧正是他要找的那位出家人！他赶忙起身想追上他，但已经来不及了，那位出家人已经消失不见了。

夜幕降临，姆里特伊温乔伊不知道在这个陌生的地方该如何找到那位僧人。他回到杂货店问老板："那片森林有什么来历吗？"

杂货店老板说："那里从前不是森林，而是一座王国。那里的国王惹怒了投山仙人，投山仙人的诅咒让王国最终覆灭。人们说在森林里藏着大量的财宝，但没有人敢进去，因为那些进去的人都没能再回来。"

姆里特伊温乔伊开始变得焦躁不安。他在杂货店的小毯子上躺了一晚，不停地驱赶着蚊子。森林、出家人和宝图上的那首诗在他的脑海中挥之不去。他把这首诗背了一遍又一遍，如今的他可以将那首诗脱口而出。此刻，那首诗又在他的脑海中萦绕：

> 去掉Radha的Ra，
> 加在最后的是Ra，
> 还有一个Pagol，
> 也要去掉它的Pa。

这些难懂的诗句搅得他头疼不已，却依然在他脑海中盘桓（huán）。临近破晓，姆里特伊温乔伊终于有了睡意。在梦中，他突然读懂了这首诗。去掉单词"Radha"中的"Ra"，剩下的是"dha"，再把"ra"加到后面得到"dhara"；去掉单词"Pagol"中的"Pa"会得到"gol"；"Dhara"加上"gol"得到"Dharagol"，这个单词正是他所在的这座村庄的名字！想到这儿，姆里特伊温乔伊一下子从梦中惊醒了。

白天，姆里特伊温乔伊在森林里搜寻着，他发现寻找的过程比想象中要困难得多，于是在晚上又回到了村庄。一整天下来，他又累又饿。

第二天，他又去森林中寻找线索，不同的是，这次他带了一顿干粮。临近中午，他走到了一个清澈的水塘边。他在水塘边吃完午餐后，绕着池塘踱步，探查周围的环境。走到池塘西边时，他忽然停了下来，在他面前是一圈高大的榕树，榕树把一棵罗望子树围在中间。看到这一情景，他马上想起那首诗：

> 罗望子树和榕树在拥抱,
> 你再一直向南跑。

  根据这首诗的指引,姆里特伊温乔伊向南方的森林深处走去。森林中树木茂密,很难继续向前走。姆里特伊温乔伊觉得不能让榕树离开自己的视线,因此他决定往回走。在回去的路上,他看到远方有一座露出尖顶的寺庙,于是又向寺庙走去。走近后,他发现这座寺庙已经破败不堪,庙里有一个泥炉和一些烧过的木柴,地上全是灰烬。这说明,刚才有人在这里。姆里特伊温乔伊小心翼翼地往里看,寺庙里空无一人,也没有一座神像,只有一个篮子和一个水壶,地板上还有一件黄色的僧袍。

  这时,天色渐渐暗了。这里离村子已经很远了,姆里特伊温乔伊不确定自己能否穿过昏暗的森林找到回去的路,他看到其他人留下的痕迹而感到欣喜不已。一块石头从寺庙的墙上脱落后掉在门口附近。姆里特伊温乔伊坐在这块石头上,低头思考着,这时他注意到石头上有字。他凑近看了看,发现上面刻着一个圆圈,圆圈中又有不同的标记和符号,有一些尚可辨认,另外一些已经磨损。然而,姆里特伊温乔伊马上认出了上面的内容,因为这些字他曾看过无数次,石头上刻的正是那首一直困扰他的诗。此刻的他兴奋得全身颤抖,但又有许多忧虑涌上心头,比如,一个小错误可以毁掉迄今为止他做出的所有努力;又比如,船在靠岸时也有可能会翻掉;最糟糕的情况是,出家人或许会先一步发现纸上的秘密，拿走财宝……这些想法淹没了他，他不知道接下来应该怎么做。姆里特伊温乔伊隐约觉得，财宝就在附近，只是他还没发现。于是，他又在石头上坐了下来，默诵女神的名字。此时夜色愈发昏暗。

一段时间后，姆里特伊温乔伊发现，在森林深处闪动着火光。姆里特伊温乔伊站起来向火焰走去。他费了好大劲才走到附近，他躲在树后偷看，发现火光前正是那位出家人。那位出家人在地上用小木棍写写画画，他面前铺着一张纸，正是姆里特伊温乔伊丢失的那张宝图。

小偷！怪不得第一次见面时他让姆里特伊温乔伊"不要为失去的东西感到难过"。

出家人忙着计算，他不时地用标尺量量距离。有时候在量过一处之后，他会失望地摇摇头，继续进行新的计算。出家人整夜都在做这件事，转眼间天快亮了，他收起那张纸便离开了。

姆里特伊温乔伊意识到，如果只靠自己，是无法破解这首神秘之诗的含义的。不过，出家人一定不会帮他，所以，姆里特伊温乔伊只能秘密地监视出家人，这是唯一的办法。可是他需要填饱肚子，必须得回一趟德哈勒戈尔村庄。

天刚蒙蒙亮，姆里特伊温乔伊看清了周围的环境，从树后走到了刚才出家人停留的地方，他看不懂地上的记号。他又看了看周围，发现此处与森林中的其他地方没什么两样。天大亮后，姆里特伊温乔伊找到了回村庄的路，他走得小心翼翼，因为担心那位出家人也在监视着他。

村庄里的某家人正在举办宴会，姆里特伊温乔伊混在客人中饱餐了一顿，他打算在小毯子上眯一会儿，然后趁着天没黑再去一次森林。然而，因为姆里特伊温乔伊昨晚一夜无眠，睡得太香，等他醒来时已日落西山。但姆里特伊温乔伊并没有打消去森林的念头，他借着夜色出发了。夜色沉沉，他根本看不清路。第二天早上，姆里特伊温乔伊发现自己整夜都在森林的入口处打转。在他的头顶上，一大群乌鸦飞向德哈勒戈尔村庄，聒（guō）噪的叫声像是在嘲笑迷路的姆里特伊温乔伊。

三

那位出家人在失败几次后，终于找到了一条通往地下隧道的小路。他点燃火把走了进去。隧道中潮湿阴暗，水从墙壁上渗下，小路变得湿滑起来。出家人继续向前走，发现一面岩石墙堵住了这条小路。出家人用铁棒敲打着墙壁，查看是否有空心的地方，但整面墙都坚实无比，然而根据宝图，要想继续前进的话他必须通过这里。

出家人展开那张纸，仔细地研究起来，他整晚都没有继续前进。

第二天，出家人重新做了计算，又来到了那面墙前。他按照宝图上的指示，敲了敲一处特殊的位置，在移走一块岩石后，他的面前出现了一条新的岔路。但这条岔路的尽头也有一面墙。第五天晚上，出家人回到这条岔路的尽头，高兴地大喊："我找到了对的路，今天一定能走到终点。"

　　这条路很难走，有的地方甚至要匍匐（púfú）前行。最终，出家人举着火把，走到了一个圆形的房间。房间的正中央是一口井。出家人借着火把的光亮走上前看，但仍然看不清井底。屋顶正中央垂下一条锁链，深入井中。出家人抓住这条锁链，使尽全部力气想把它拉出井。最终，他把这条锁链拉了出来，井下的深处传来一声巨响在房间里回荡。

　　出家人高兴地大喊："我找到财宝啦！"

　　出家人喊出这句话的时候，松动的墙面上突然滚下来一块石头，有人大喊一声跳进了房间。出家人被突然闯入者吓得连连后退，手中的火把也掉在地上熄灭了。

　　"是谁！"出家人想知道来者身份，却无人回应。

　　出家人在黑暗中摸索，突然摸到了一个人。他摇了摇那个人，又问了一次："你是谁？"还是没得到回答，因为对方已经昏过去了。

　　出家人费了好大劲，用打火石重新点亮了火把。此时，昏迷的闯入者也恢复了知觉，他想站起来却痛得直呻吟。

　　借着火光，出家人认出了对方："哦，姆里特伊温乔伊，是你！"

　　"原谅我吧，高僧，女神已经惩罚我了。我刚才想扔石头砸死你，但脚

底一滑摔倒了，我的腿好像摔断了。"姆里特伊温乔伊痛苦地说。

出家人问："杀了我对你有什么好处？"

姆里特伊温乔伊反问道："你说对我有什么好处？你为什么要从我家偷走那张藏宝图？你是个小偷，是个骗子！把这张纸给我祖父的高僧曾说，我们家族的某个人能够破解纸上的神秘诗文，毫无疑问，秘密财宝是属于我们家族的。在过去的几天里，我一直不吃不睡，像影子一样尾随着你。你大喊找到了财宝，我就再也控制不住自己的怒火了。我藏在墙洞里，想拿一块石头砸你。但我身体虚弱，墙面又湿滑，所以摔倒在地上。现在，你可以杀了我，那样也不错。但我的鬼魂会守护财宝，你休想拿走。你若是不杀我，我便会跳进井里去寻宝，总之你别想拿到财宝。我的父亲和祖父临死前都在惦记着这笔财宝，我们家也为了寻找财宝而变得一贫如洗。我已经妻离子散，像个疯子一样游荡在世间，这一切都是为了找到这笔财宝。财宝是我的，你永远别想夺走！"

出家人说："姆里特伊温乔伊，我现在把一切都告诉你。你知道吗？你的祖父有个叫斯汉卡尔的弟弟。"

"是的，我知道。他当年离开家后就再也没回来。"姆里特伊温乔伊回答。

出家人告诉他："我就是斯汉卡尔。"

姆里特伊温乔伊听到后叹了口气，感到很遗憾。他原本以为自己是家族中唯一能破解财宝秘密的人,可是这个人的突然出现让他认清了现实。

斯汉卡尔继续说:"我的哥哥从高僧那里得到这张纸后,总是不想让我看到。但他越藏着,我就越好奇。他把这张纸放进小木盒,放在家庙的女神像下。我找到了藏小木盒的地方,复制了一把小木盒的钥匙。我一点一点地记录下那张纸上的全部信息。全部记完后,我便离开家去寻找财宝。我和你一样离开了妻儿,他们如今都已经不在人世了。

"流浪的辛苦我不愿再详述。我想,既然把这张纸给哥哥的人是一位高僧,那么只有僧人才能帮我破解这张纸的奥秘。带着这个想法,我服侍过很多出家人。不过有很多人是骗子,他们有的在知道了财宝的秘密后竟然想偷走这张纸。许多年就这样过去了。我的生活中充满不幸,我的心情也从未平静过。最后,我在库马恩山遇到了高僧斯瓦罗奥帕南德·斯瓦姆伊。他对我说:'孩子,忘掉你的执念吧,只有这样,世间珍贵的东西才能尽由你掌控。'他扑灭了我心中燃烧的贪念之火。我渐渐开始珍惜明亮的天空和肥沃的土地,不再执迷于财宝。在某一天,我们点燃火堆驱寒,我把那张纸扔进了火堆。高僧看到后露出了微笑,当时的我不解其意。如今我明白了,他当时一定在想:烧掉一张纸容易,烧掉心中的欲望却很难。

"那张纸化为灰烬,无影无踪,我也挣开了心中的束缚。我感到无比自由,身心都沉浸在喜悦之中。我再无牵挂,再无担忧。后来,我与这位高僧分别。我曾寻找过他的下落,却没能找到他。与此同时,我选择忘却寻宝的事，出家为僧。然而有一天，我来到了德哈勒戈尔村庄的这片森林，发现了这座古寺。我在此落脚，注意到墙上有很多我熟悉的标记和符号。我确信，我离家多年苦苦寻找的财宝如今已经触手可及。我不愿再成为欲望的奴隶，因此告诉自己必须马上离开，不能在这片森林中久留。"

四

斯汉卡尔接着说："然而我还是没有离开。我好奇地对自己说，让我看看能找到什么吧。我开始研究那些标记和符号，但一无所获。我开始后悔烧掉了那张纸。我总是忍不住想：'我要是一直带着那张纸的话又会怎样呢？这对我又有什么坏处呢？'后来，我回到了家乡。我看到那些连温饱都无法解决的人，我对自己说，我是一个出家人，财富对于我并没有多大用处，可是这些穷人需要养家糊口。我想为了他们继续寻找财宝，这是件对的事。我知道那张纸的原件在小木盒里，拿到它很容易。在那之后，也就是刚过去的一年里，为了找到财宝，我住进了这片森林。我满脑子只有这一件事，我遇到的阻碍越多，找到财宝的决心就越坚定。我像个疯子一样寻找了无数个日夜。我一直没发现你在跟踪我，因为我太过专注，像是被催眠了般，俗世间的小事根本无法引起我的注意。如果不是我这样入神，你根本不能隐藏行踪这么久。今天我才明白，这么多年来寻找的是什么。这里有太多的财宝，从没有哪个国王拥有过这么多的财宝。我只差破解最后一个标记就能找到财宝了。破解这个标记是整个寻宝过程中最难的，但我最终明白了它的含义，所以我才高兴地大喊：'我找到啦！'在那一刻，我好像已经坐拥了财宝。"

姆里特伊温乔伊对斯汉卡尔行了触脚礼，恳求地说："你是一位出家人，用不到那么多财宝，请你带着我去找财宝吧，千万不要丢下我！"

斯汉卡尔说："今天，我打破了困住我的最后一道枷（jiā）锁。你扔来的石头没有打中我，却击碎了我的欲念。我看到了贪恋财宝的危险。在经历了一段漫长的岁月后，那位高僧的微笑在此刻点燃了我心中的智慧火焰。"

姆里特伊温乔伊再一次恳求道："你已经获得了心灵的自由，我却还困在枷锁中。你不想要财宝没关系，但你不能剥夺我获得财宝的权利。"

斯汉卡尔说："孩子，我把这张纸给你。如果你能找到财宝，就享受那些财宝吧。"说着，斯汉卡尔把那张纸和他的包袱给了姆里特伊温乔伊，转身离开了。

姆里特伊温乔伊在后面哀号着："请原谅我，不要丢下我不管，告诉我找到财宝的方法吧！"可是他没有得到任何回应。

姆里特伊温乔伊试图走出地下隧道，但这里错综复杂，他迷了路。最后，他精疲力竭，倒在地上睡着了。

姆里特伊温乔伊醒来时，无法在黑暗中分辨晨昏。他饥肠辘（lù）辘，吃了些随身携带的食物。他在黑暗中摸索着前进，想找到出去的路，却遇到重重阻碍。他放弃挣扎，大声喊道："啊，叔公！你到底在哪儿？"

姆里特伊温乔伊的呼唤在地下回荡着，一个像是来自远方的声音回答了他："我就在附近，告诉我你想怎样。"

姆里特伊温乔伊说："请您回到这里，指引我找到秘密财宝吧！"他的声音哀怨可怜，但无人回应，姆里特伊温乔伊又呼唤了几次，结果还是没有回应。

地下隧道曲折幽深，没有一丝光明，姆里特伊温乔伊又睡着了。等再度醒来时，他又喊道："叔公，你还在吗？"

这一次，回答他的声音就在附近："我在这里，告诉我你想要什么。"

姆里特伊温乔伊说："我什么都不要了，求你带我离开这里吧。"

"你不想找到秘密财宝了吗？"斯汉卡尔问。

姆里特伊温乔伊回答："不想了，我不想要财宝了。"

这时，传来了打火石的声响，斯汉卡尔点亮了火把。

斯汉卡尔说："那我们走吧。"

姆里特伊温乔伊心有不甘："叔公，难道我们的努力就这样白费了吗？我们经历了那么多艰难险阻，还是要放弃财宝吗？"

火把一下子熄灭了。

"喂！你为什么要熄灭火把？"姆里特伊温乔伊愤怒地喊道。他坐下来开始思考。在这里感觉不到时间的流逝，只有永恒的黑暗。姆里特伊温乔伊调动全身心的力量，想找到一丝光明。他的灵魂极度渴望光明、渴望天空、渴望隧道外面多姿多彩的世界。他终于放弃了，开始喊着："你这个无情的出家人啊，带我离开这里吧，我不想再寻找财宝了。"

斯汉卡尔说："你真的不想再寻找财宝了吗？那就拉着我，跟我走吧。"

这次，他没再点亮火把。姆里特伊温乔伊抓住斯汉卡尔的僧袍一角，跟上了他的脚步，他俩沿着房梁上的铁链爬到井里。井壁处有一个地洞，两个人在黑暗的地洞中摸索着前进，走到某个位置时，斯汉卡尔突然说："等等，我们到了。"

姆里特伊温乔伊依着斯汉卡尔的指令停下了脚步，不一会儿，他听见一扇生锈的铁门打开了。斯汉卡尔握着他的手说："走吧，我们进去看看吧。"

姆里特伊温乔伊感觉到他们走进了一个房间。打火石又响了一声，火把亮了起来，眼前的一切让姆里特伊温乔伊惊呆了。整面墙上都铺着层层叠叠的金子！房间里也全是金子！

姆里特伊温乔伊双眼放光，像疯子一样大喊："这些金子都是我的，我不能丢下它们，我不能离开它们！"

五

"好吧,你既然舍不得这些金子,那就留在这里吧。我把火把给你,还有一些水和食物也给你。我走了。"斯汉卡尔离开后,金库的铁门在身后关上了。

姆里特伊温乔伊兴高采烈地在房间里踱步,他把金条堆在一起,用一根金条敲打另一根,清脆的撞击声让他沉迷,他拿起几根金条摩挲(suō)着。最后,他趴在金子堆上睡着了。

姆里特伊温乔伊醒来后发现满屋都是闪光的金子。这个房间里别的什么都没有,只有金子。姆里特伊温乔伊开始想知道外面的世界现在怎么样了。或许天刚破晓,所有生命在愉悦中苏醒,准备迎接新的一天。他陶醉在想象中的世界里,仿佛闻到了家里池塘边的花园中传来的馥郁花香,又仿佛看到了鸭子在池塘里划水,嘎嘎地大叫着;女仆蹲在池塘边洗着锅碗瓢盆。

姆里特伊温乔伊敲了敲生锈的铁门,喊道:"叔公,你还在吗?"

门开了,斯汉卡尔问:"你想要什么?"

姆里特伊温乔伊说:"我想离开这里,不过我可以拿上一些金条吗?"

斯汉卡尔点亮了火把,什么也没说,在姆里特伊温乔伊面前放了一些食物后就离开了。铁门再次被关上。

姆里特伊温乔伊拿起一片薄薄的金叶子,将其撕碎成几截,把碎片扬在

空中。有时，他用牙去咬金子，在上面留下他的牙印；有时，他将金条摔到地板上，用脚使劲踩踏。他心想：世界上有哪个国王能像我这样随意地扔金子、踩踏金子？一阵强烈的渴望涌上心头，他想把这些金子都碾（niǎn）成粉末，像扫灰尘一样把金粉全部扫走。他想用这种方式来藐（miǎo）视这世上一切贪恋财富的王公显贵。

就这样撕着、摔着、咬着、踩着，直到筋疲力尽，姆里特伊温乔伊才又睡着了。醒来后，他看见眼前依旧是成堆的金子。他又敲门喊道："叔公，我不想要这些金子了，我不想要这些金子了！"

然而无人开门。姆里特伊温乔伊喊到声音嘶哑，还是没有人开门。他捡起金条砸向铁门，但无济于事。姆里特伊温乔伊感到害怕了：斯汉卡尔是不是不回来了？难道他要被困在这金子做的监牢里慢慢等死吗？

姆里特伊温乔伊看着眼前的金子，一阵恐慌攫（jué）住了他。金子依旧遍地都是，它们没有生命，不需要阳光和新鲜空气，不需要生活和自由。这些质地坚硬的金子在永恒的黑暗中享受着快乐。

现在外面的世界是什么样的呢？是黄昏吗？黄昏时的金色光线无比美丽，但它转瞬即逝，只留下漫漫的长夜；星星露出了身影，安静地照亮着庭院；新娘点亮家里的灯；寺庙里传来了钟声……村里琐碎的日常对于曾经的姆里特伊温乔伊来说不值一提，如今却成了他最大的渴望。家里的狗在晚上睡觉时会用尾巴盖住头，就连这样的小事也让姆里特伊温乔伊魂牵梦萦。他还想到了杂货店老板，他结束了一天的经营后，慢悠悠地走回家吃饭。姆里特伊温乔伊想，杂货店老板此刻一定很幸福。

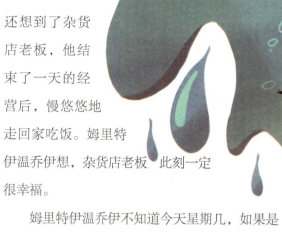

姆里特伊温乔伊不知道今天星期几，如果是星期日，村民们或许刚结束赶集回到家中，他们可能会叫上朋友，三五成群地去河里划船；农民可能会手里提着一两条鱼，头上顶着篮子，借着微弱的星光走回家去。

姆里特伊温乔伊渴望回到那种生活，他能享受蓝天，享受星光，享受那比满地的金子更珍贵的财富。姆里特伊温乔伊想在辽远的蓝天下呼吸片刻新鲜空气，即使在此刻死去，他也没有遗憾。

这时，铁门打开了。斯汉卡尔走进来，问他："姆里特伊温乔伊，你现在想要什么？"

"我什么都不想要，只想离开这条隧道，离开这座黑暗的

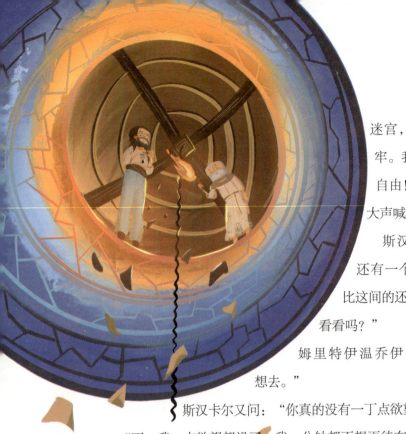

迷宫，离开这座金子的囚牢。我想要阳光、蓝天和自由！"姆里特伊温乔伊大声喊道。

斯汉卡尔问他："这里还有一个房间，里面的财宝比这间的还要多，你难道不想去看看吗？"

姆里特伊温乔伊回答："不，我不想去。"

斯汉卡尔又问："你真的没有一丁点欲望了吗？"

"不，我一点欲望都没了。我一分钟都不想再待在这里了，我要离开这里，哪怕日后要以乞讨为生。"

"那好，你跟我来吧。"斯汉卡尔说道。

斯汉卡尔拉着姆里特伊温乔伊来到那口井边。他把那张纸递给姆里特伊温乔伊："那么，你要怎么处理这张宝图呢？"

姆里特伊温乔伊接过这张纸，把它撕成碎片，扔进了井中。

河边的台阶

如果石头能记录下所有的故事，那么，你就能在我的每一级台阶上读到这些故事。假如你还想听一些跟过去有关的故事，那就请坐到我的台阶上，只要你仔细倾听，潺（chán）潺的流水声就可以把无数动人的故事讲给你听。

我还清楚地记得其中一个故事，它发生在很久以前，就像今天这样。

还有几天就到阿斯温月①了。

清晨，大自然从黑暗中苏醒过来，凉爽的风为大地带来了生机，树叶在轻轻地摇晃。

---

① 阿斯温月：印度日历的7月，在我国公历9月和10月之间，为期30天。

恒河涨满了水，露出水面的台阶只有四级。河水和陆地像亲密的朋友般紧密相连，分不清到底是谁先主动地牵着对方。河水漫上堤岸低处，芒果树下的野芋头长势正盛。在河湾那里，水流包围着几堆破旧的砖头，系在岸上树边的渔船随着潮水荡漾着。顽皮的潮水击打着渔船的两侧，像是在欢悦地嬉戏着，充满活力的潮水好像在牵着小船的手，和它们一起玩耍。

朝阳照耀着恒河，水面波光粼粼，反射出金子一样橙黄色的光芒。浅滩和芦苇丛也沐浴在阳光下。芦苇刚刚绽放出花蕾，并没有完全开放。

船夫们一边念诵着能带来好运的祈文一边解开了船缆。渔船起航了，它们迎着阳光，扬起了小风帆。小船们的身体像水鸟一样畅游在水中，仿佛插上了一对幻想的翅膀，在空中欢快地翱（áo）翔。这时，一位先生拎着铁桶来河边沐浴，有几个姑娘也到河边来洗衣服、打水。

这是不久前发生的故事，可能你们觉得已经很久了，但我觉得这是前些日子才发生的。

长期以来，我总是在静静地观察着岁月到底是如何跟随着恒河的奔流悄然而去的，所以我感觉不到时间到底有多么漫长。每天，白日的光明和夜晚的光影都会映照在恒河的水面上，然后从河面上消失，不留下一丝痕迹。

所以，尽管我看上去已经很老了，我的心却永远年轻。这么多年来，虽然有层水草覆盖住了我的记忆，但它的光芒从来没有消失。偶尔漂来的水草像是先粘在了我的心房上，随后又被激流卷走。

在我身体的缝隙里，恒河的河水无法触及的地方，长满了藤蔓和水草，它们填满了我身体里的沟壑（hè）。它们是过去时光的见证人，它们安静地记录着过去的时光，并让它永远保持着新鲜和美丽。恒河从我身边的台阶一级级地退下了，而我也开始一级一级地变得衰老了。

一位老太太洗好了澡，穿着美丽的衣裳，手里拿着一串念珠赶回家去。虽然她已经很老了，但在我眼里，她还是和当年的那个小女孩一样。记得那时，她的姥姥还健在。她每天都会到河边来玩，喜欢将一片树叶放进恒河，树叶随着流水漂去，那片叶子漂到我的右手附近的一个漩涡处就开始打起转来，此时她会停止打水，站在岸上盯着那片树叶。过了一些日子，我看到那个小姑娘已经长大，并且领着她的女儿们来打水了，后来，她的女儿们又都长大了。当她的女儿们在互相泼水嬉戏的时候，她会阻止她们，并且告诫她们应当互相尊重。

看到这一切，我就会想到那片曾经在漩涡里漂浮打转的树叶，并且感到十分有趣。人们就是这样在我的注视下一天一天长大，一点一点衰老。

我将要讲述的这个故事，以后可能不会再发生了。每当我在讲述一个故事的时候，另一个故事就会顺着河流漂来，我无法挽留它们。只有这个故事像是那片被卷入漩涡的树叶，在我的思绪里不停地旋转着，树叶上可能还载着两朵盛开的小花，就再也没有什么了。假如哪位善良的小姑娘看见这片叶子在一点点地沉没，她一定会在叹一口气后伤心地回家的。

我记得很多年前,公沙伊家的牛圈建在寺庙的旁边,有一圈栅栏围绕着它。那里有一棵粗壮的合欢树,每周,在这棵树下都会开设一天的集市。那时,公沙伊一家还住在别处,如今,在他们家的祈祷室附近只有一个用棕榈(lú)叶搭成的小窝棚。

现在,这棵树的四肢已经和我的身体紧密地结合起来,它的根像是许多根又细又硬的手指,把我的心脏聚拢在了一起。在我的记忆里,那时候的它还只是一棵小树苗,但是它很快就长出了郁郁葱葱的树冠。太阳升起时,枝叶形成的阴影投射在我的身体上,像是在整天戏耍着,而它那新长出来的根须,就像柔软的手指般抚摸着我的胸脯。要是有人不解风情，跑去摘掉它的叶子，那我会感到很心痛的。

我现在要讲述的这个姑娘，她的同伴们都叫她库苏姆。当她纤细的身影倒映在水中时，我特别希望能够留住这身影，将它刻在我的石级上，因为她的身影实在太美了，就像一道美丽的风景。

每当库苏姆踏在我的身体上时，她的四只脚镯就会叮当作响，这时我身边的水草好像也在舞蹈。库苏姆并不怎么喜欢玩耍嬉闹，但奇怪的是，她的女伴很多。

那天早上，库苏姆没有来河边，她的朋友布胡班和斯瓦尔诺在河边哭泣着。她们说，她们的朋友库苏姆嫁人了，嫁到了离这条河很远的夫家，要面对陌生的人、陌生的房屋和陌生的街道。

随着时间的流逝，我渐渐地淡忘了库苏姆。很快，一年过去了，河边的姑娘们很少再谈起库苏姆。但是在一天晚上，我惊讶地感觉到一双熟悉的脚丫踩在我的台阶上。是她！是库苏姆，然而这双脚上没有了脚镯，不再像过去那样发出悦耳的声音，而她的脸上也没了往日的笑容。在这黄昏时分，河水仿佛在呜咽，芒果树的枝叶在风的吹拂下，发出悲切的沙沙声。

库苏姆成了寡妇。人们说她的丈夫在很远的地方工作，她和他在一起生活过两天，之后便再也没有见过他。一封远方的来信为她带来了丈夫的死讯。守寡的库苏姆当时才八岁，她擦去了眉间的朱砂，摘掉了首饰，又回到了恒河边的家乡。她发现，旧日的玩伴大多不在这里了。布胡班、斯瓦尔诺

和阿玛拉结了婚，离开了家乡；萨拉特还在，但听人们说，她马上也要在十二月嫁人了。

库苏姆日渐美丽，就像雨季的恒河，日渐充沛丰盈。可是她那朴素的长裙、黯然的神情和安静的举止为她的青春气息蒙上了一层阴影，这让人们无法察觉到她的美。

没有人发现库苏姆已经长大了，就连我都没有注意到。她在我的心目中永远是个小姑娘。虽然她的脚镯确实没有了，但每当她行走的时候，我仿佛依旧能听见她的脚镯声。就这样，一晃十年过去了，村里人似乎谁也没有发觉库苏姆长大了，她已然是个亭亭玉立的大姑娘了。

在一个久远的九月末，一个和今日别无二致的清晨，温柔的阳光照耀着河面，那时，你们的曾祖母们还很年轻，她们披上头巾，拎着水罐，穿过生机勃勃的草地和崎岖（qíqū）坎坷的乡村土路后，一边谈笑着一边走到我的身旁。

那时，她们根本不会想到你们今后的降生，就像你们也想象不到，她们从前也有过像你们一样喜欢娱乐玩耍的岁月，那些日子也如今天这般洋溢着生机。她们那颗年轻的心中有着欢乐和悲伤，同时也会充满躁动和不安。

然而在这个秋天，她们已经不在了，她们的悲伤和欢乐已经消失，她们的声音和容貌也随着时间的流逝而渐渐地模糊了。像今天的这般美景，她们当然也不曾想到过。

早上吹起了北风，槐树将一朵朵花儿扔在我的身体上，我的台阶上凝结出一颗颗露珠。就在这天，一位高大俊美、皮肤白皙、不知来历的苦行者，借住在了河对面的湿婆庙。他来到此地的消息传遍了全村。姑娘们纷纷丢下手中的水罐，蜂拥般跑到湿婆庙来拜会这位苦行者。

越来越多的人慕名而来，这位出家人长相英俊又十分有礼貌，他会把小孩子抱进怀里，还会和孩子的母亲们聊些家务事。这位苦行者很快就赢得了女人们的尊敬。村里的男人也会经常来这里看他，他有时会诵读圣典《薄伽（jiā）梵（fán）歌》，有时给别人讲解《薄伽梵歌》，有时又会坐在庙里研究其他的经典著作。有的人来向他请教知识，有的人来向他求符咒，还有的人来向他求药方。

每天清晨，在太阳刚露出一点头时，那位苦行者便会站在恒河里，面对着启明星，虔诚而又庄重地进行祈祷，他的语调缓慢而又低沉。这时，我听不到河水的喃喃细语，只能听到他那厚重的嗓音，我就这样每天聆听着他在晨间祈祷的声音。在恒河的东边，火红的太阳从地平线上升起，绯红的朝霞掩映着彩色的云朵，黑夜如同花蕾慢慢绽开一般朝四面八方退去，红色的霞光像盛开的鲜花，一点点地染红了整个天空。

这位伟大的苦行者站在恒河的水里，用深邃（suì）的目光凝望着东方，他祈祷时的经文像是能将黎明唤醒的咒语，当这咒语从他口中念出时，月亮、星辰连同黑夜一起消失在了西边。太阳从东方冉冉升起，黑夜下场，把世界的舞台交给了白天。苦行者简直是一个具有魔力的人！沐浴之后，他拖着那高大圣洁、宛若火焰般熠（yì）熠生辉的身躯走至岸边，水珠从他的头发上落下，他的身体在晨光的照耀下仿佛笼罩着一层圣洁的光芒。

就这样，几个月过去了，在四月的某一天，这里出现了日食，于是许多人成群结队地来恒河边洗澡。合欢树下开设了集市。许多朝圣者赶来一睹苦行者的尊容，其中也有从库苏姆夫家所在的村子里来的女人。

一天早晨，那位苦行者手捻佛珠，站在我的台阶上。突然，一个来看苦行者的女人用手肘推了推另一个说："喂，你看，他是我们村库苏姆的丈夫！"

另一个女人听到后，用两根手指拉起面纱的一角看了看，叫道："啊，我的天！可不就是他！我们村恰泰尔古家的小儿子！他成了苦行者！"

又有一个女人凑过来，像是为了显摆她的面纱，说道："啊！看他的眉眼和鼻子，就是同一个人呀！"

还有一个女人，连看都没看出家人一眼，一边用水罐从河里舀水，一边叹息道："唉，库苏姆的丈夫年纪轻轻就死了，怎么可能会复活呢？苦命的库苏姆啊！"

有人说："库苏姆的丈夫没有这样的胡子！"

有人说："她的丈夫没有这么瘦！"

还有人说："她丈夫不可能有这么高！"

就这样，大家没有得到一个一致的答案，这件事就这么不了了之了。

村里的人都见过这位苦行者，只有库苏姆没有见过他，因为到我这里来的人太多了，而库苏姆并不喜欢凑热闹。

一天晚上，天空中升起满月，或许是念及和我的旧情，库苏姆来到了河边，在我的台阶上坐下，她的影子倒映在水中。附近空无一人，只有蟋蟀发出清脆的鸣叫声。庙里刚刚敲过钟，最后一声钟声渐渐微弱，鬼魅般地回荡在对岸幽暗的树林里。一丝皎洁的月光洒在夜晚恒河的水面上。在岸上、在河边、在灌木丛和树丛中、在湿婆庙的前廊、在房屋的断壁残垣（yuán）间、在棕榈树林里，到处都有万物美丽的影子。

蝙蝠倒挂在糖胶树上。居民区附近偶尔传来几声豺狼的嗥（háo）叫，但很快重归沉寂。

苦行者慢慢走出寺庙，来到河边。他走下几级台阶，看见一个女人坐在那里，便转身想要回去。

这时，库苏姆直起身来回头看，面纱从她脸上滑落，月光照在她的脸上，就像照着一朵昂首盛开的花一样。这一瞬间，二人的目光相遇了，他们

仿佛在辨认彼此，好像早在前世他们就已相识。

一只猫头鹰鸣叫着，从头顶的天空飞过。叫声吓到了库苏姆，她回过神来，重新戴好面纱。库苏姆弯下腰，向这位苦行者行触脚礼。

苦行者为库苏姆祈福后问道："你叫什么名字？"

她回答："我叫库苏姆。"

那一夜，他们没再多说一句话。库苏姆的家就在附近，她慢慢地走回家中。然而，这位苦行者又在台阶上坐了很久。直到月亮西落，他的影子从身后移动到面前时，才起身回到寺庙。

从这之后，我看到，库苏姆每日都来向这位苦行者行触脚礼。他在讲经时，她则站在角落里聆听。做完晨祷后，苦行者会把库苏姆叫来听他传教。库苏姆不能完全明白他讲的内容，但她会凝神静听，努力地去理解。这位苦行者安排她做的事她会不声不响地完成。她会采摘鲜花供奉普迦女神，会从恒河里取水擦洗庙堂，会每天虔诚地来寺庙做事。有时候，她会坐在我的台阶上，思考着苦行者跟她说的话。如今，她的思想打开了维度，视野也扩展了，心胸变得开阔，她看见了之前从没有看到过的景象，听过了从前没有听过的事情，她的忧郁也一点点地消失了。

每天早上，库苏姆满怀虔诚地向苦行者行触脚礼时，就像一朵被晨露洗涤过的鲜花被供奉在神面前，她的全身焕发着快乐的光芒，库苏姆原本灰暗的心灵也渐渐有了色彩。

时间一天天过去，冬季已接近尾声，而寒风依旧在呼啸着。某天傍晚，忽然从南方吹来了一阵温暖的春风，天气变得不再寒冷。很多天后，村里响起了风笛声和歌声。船夫们驾船出行，顺流而下，他们放下了手中的船桨，唱起了写给黑天神的赞歌。春天到来了。

我开始想念库苏姆。她消失了一段时间，没有去寺庙，没有去找苦行者，也没有来我的台阶上坐坐。

我不清楚这期间发生了什么，后来的一个晚上，库苏姆和那位苦行者又在我的台阶上相见了。

库苏姆眼眉低垂，问道："师父，是您召唤我来的吗？"

"是的，最近没有看到你，你为什么不热衷敬神了？"

库苏姆一言不发。

"你有什么心事，尽可以告诉我。"

库苏姆微微转过脸去，说道："师父，我是个罪人，我不配敬神。"

苦行者说："我知道，你此刻心有不安。"

库苏姆听后很惊讶，她戴上了面纱，坐在苦行者脚边抽泣起来。

苦行者稍微往旁边挪了挪，说道："把你心中的不安告诉我，我会为你指出一条通往平静的路。"

库苏姆开始用笃（dǔ）定又虔诚的语调诉说起来，偶尔会为如何措辞而停顿："您既然要我说，我就告诉您吧。不过，我可能说不太明白，但我觉得您大致能够了解我的意思。师父,我像敬神一样崇拜、敬爱一个人,成为信徒的喜悦填满了我的心房。可是有天晚上,我梦到这个长久萦绕在我心头的人坐在花园里,他用左手握着我的右手,诉说着他对我的爱,梦里的我并没有觉得这是不可能发生的事。梦醒后,我久久无法忘记这个梦。第二天,当我看到他时,心里的感觉与从前不同了,我经常会回想起那个梦。我害怕了,便离他远远的,可是梦境依旧挥之不去。从此,我的心里没有片刻宁静,我生活中的一切也变得黯然失色。"

库苏姆抽泣着讲述着这件事,我能感受到此时苦行者的右脚更加用力地踩着我的台阶。

库苏姆说完,苦行者问她:"你必须告诉我,你梦到的人是谁。"

库苏姆双手合十,说道:"我不能告诉您。"

苦行者依旧坚持着问她:"我是为了你的幸福才问你的,你必须告诉我,那个人是谁。"

库苏姆揉搓着双手,问道:"我一定要告诉您吗?"

"是的。"苦行者回答她。

库苏姆随即喊了出来:"师父,那个人就是您啊!"

库苏姆终于鼓足勇气说出了心里话,刚一说完,她便失去了知觉,倒在了我的台阶上。苦行者听后仿佛变成了一座石像,呆呆地愣在了原地。

库苏姆恢复知觉后,马上坐了起来。

苦行者没有离开,他缓缓地对库苏姆说:"之前我安排你做的事,你都做到了。现在,我还要安排你做一件事,你也一定要做到。今夜我就要离开这里了,我们再也不会相见。我是个出家人,不属于俗世,你应该忘了我。告诉我,你能做到吗?"

库苏姆低声说:"师父,我能做到。"

苦行者说:"那么,我要走了。"

库苏姆没再多言,向苦行者鞠了一躬,拈(niān)起他鞋边的尘土撒在了自己头上。

苦行者离开了。

库苏姆喃喃自语着:"他让我忘记他。"说完,她缓缓地走进了恒河水中。

月亮落下山,夜空中一片漆黑,我听见河水中响起了浪花激起的声音。风在黑夜中呼啸着,似乎想吹灭天上的星辰。经常在我的怀抱里玩耍的库苏姆,今天离开我走了。然而她去了哪里,我无法知道。

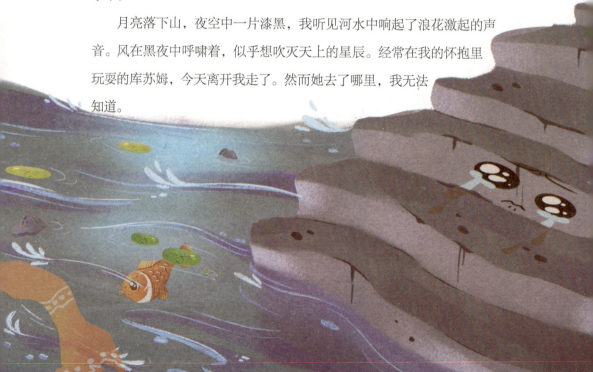

素芭

当这个女孩得名"素芭斯希妮"的时候,没有人能想到刚出生的她竟然会是个哑巴。她的两个姐姐一个名叫"素凯斯希妮",一个名叫"素哈斯希妮",为了让三姐妹的名字统一,父亲给小女儿也取了个类似的名字,叫"素芭斯希妮",为了方便称呼,大家都叫她素芭。

素芭的两个姐姐已经出嫁了,根据风俗,她俩都经历过相亲,并且在出嫁时陪送了一笔嫁妆。然而,素芭的婚姻大事却成了父母的负担。人们似乎觉得素芭不能说话,也就感受不到来自外界的恶意,所以他们毫不顾及素芭的感受,当着她的面讨论她的未来,表达出对她的担忧。

在很小的时候素芭就明白,她的出生是神的诅咒,所以她一直尽量远离人群。要是人们能忘了她,她或许会感到好受一点,可是谁能轻易忘记痛苦的事呢？父母终日为她担忧，尤其是母亲，她把素芭的缺陷看成是自己的残疾，因为在母亲看来，和儿子相比，女儿更加属于自己身体的一部分，生下一个不正常的女儿，是身为母亲的耻辱。素芭的父亲巴尼肯塔对这个小女儿的疼爱超过了她的两个姐姐，但母亲厌恶她，将素芭视为身上的污点。

素芭虽然不会说话，但她有着长长的睫毛和黑亮的大眼睛，在想要说话或表达时，她的双唇会像花瓣一样颤动。

人们习惯于用语言来表达内心的想法，但这并不是一件简单的事，有时还需要经过一番翻译和传递，就算完整地表达出了自己内心的想法，也很可能因为表达方式的不同而让他人误解。但素芭的眼神不需要人们刻意去解读，她那黑亮的大眼睛会自然地流露出真实的想法。

她那忽闪着的双眼时而炯（jiǒng）炯有神，时而黯淡无光，时而如西沉的明月静挂于天际，时而如迅捷的闪电照亮四方。

生来不会说话的人除了面部表情之外就没有别的语言了，但他们眼睛中的词汇是无限的，其中蕴藏着丰富的情感，深沉如海洋，清澈如天空，黎明与黄昏、光明与阴影在他们的眼睛中嬉戏着。失去了语言功能的素芭就像大自然一样，孤独且庄严，所以其他的小朋友都害怕她，从来不和她一起玩。娴（xián）静的素芭就像午夜一般沉默、孤寂。

素芭住在昌迪普尔村。孟加拉的一条小河贯穿了这个村庄，这条河流程不长，河道纤细，宛如中产阶级家的小姐。奔流的河水从没泛滥过，只是

辛勤地滋润着村庄,仿佛是各家各户中的一员。河岸掩映于树荫之下,两岸的房屋建造得错落有致。河流的女神走下了王座,成为村民家中花园的守护神,她忘我而欢快地流动着,赐给这个村庄无尽的福祉(zhǐ)①。

巴尼肯塔家紧靠着河岸,过往的船夫们能看到他们家的谷仓和草堆。我不知道是否有人能在这些代表财富的东西中注意到哑女素芭。有时,她会在结束劳作后偷偷地溜到河边。

素芭安静地坐着,大自然的声音像在替她说话,弥补她身为哑巴的缺憾。溪流呢喃着,村民们聊着天,船夫唱起歌来,鸟儿啾啾地鸣叫着,树叶沙沙作响,素芭那颤动的心跳声融入其中,这些声音汇成了巨大的声浪,拍打着她那不安的灵魂。此时此刻,大自然的私语和动作便是这个哑女的语言,与此同时,她那缀着长睫毛的黑眼睛流露出的神情也是她周围世界的语言。草地和树林中传来蝉鸣声,星星安静地挂在夜空,在素芭的世界中只有她的手势和动作,哭泣和叹息。

正午时分,船夫和渔民们都回家吃饭了,村民们正准备午睡,鸟儿不再聒噪,船只停泊在渡口,熙攘的世界好像停下了忙碌的脚步,暂时变成了一座孤寂而庄严的雕像,广袤(mào)无垠(yín)②的天幕下只有沉默的哑女和沉默的大自然。不同的是,素芭坐在树荫下,大自然则沐浴在阳

---

① 福祉:指福利、幸福,代表稳定安全的社会环境,美满祥和的生活环境。
② 广袤无垠:形容广阔无边。

光中。

素芭并非没有知心朋友。牛棚里的两头母牛萨尔布巴斯希和潘古莉就是她的好朋友。两头母牛从没听到过素芭叫它们的名字，却能通过脚步声辨认出她来。素芭不能说话，只能用含糊不清的"呜呜"声以示友好，但在这两头牛听来，她轻柔的"呜呜"声比一切语言都饱含深情。素芭有时会爱抚它们、斥责它们、哄劝它们，它们也比其他人类更能理解素芭。

素芭常常来到牛棚，用手臂亲昵地环住萨尔布巴斯希的脖子，当她和萨尔布巴斯希脸贴脸时，潘古莉会侧过头来，用大大的眼睛亲切地看着她，舔舐（shì）着她的脸颊。按照惯例，素芭每天会来牛棚三次，其他时间也会偶尔来看它们。如果有人说话伤害到素芭，她就会来找这些不会讲话的朋友。素芭的表情阴郁，充满悲伤，两头母牛仿佛可以感受到她内心的痛苦。它们会靠过来，用额头轻轻地蹭她的胳膊，试图用这种笨拙无措的方式来安慰她。

除了两头母牛，家里还有几只山羊和一只小猫，它们同样依恋着素芭，但素芭和两头牛更亲密。无论白天还是晚上，小猫一有机会就跳到素芭的怀里舒服地睡大觉。素芭会用手指温柔地抚摸着小猫的脖颈和后背，它对这种助眠方式非常喜欢。

除了动物们之外，其实素芭还有一个人类伙伴，但他们之间的关系很难定义。因为就算他会说话，这一才能也无法让素芭和他之间产生共同语言。

他名叫普拉塔普，是戈萨因斯家最小的儿子，一个游手好闲的年轻人。如今，他的父母已经不再对儿子抱有期待，觉得他永远无法独立起来。不过，尽管这类没有用的人不受家人们待见，但村里的其他人很喜欢他们。这类人没有工作的束缚，成了村子里的公共财产。正如每个小镇都需要一片公共场地供人们休息和玩耍一样，每个村庄都需要两三个游手好闲的人，因为他们有大把的时间，所以如果其他人不想工作，想找个人一起玩的话，这类人便是最佳人选。

普拉塔普的爱好是钓鱼。他在钓鱼上花了许多时间，几乎每个下午，他都聚精会神地在河边钓鱼，因此他常常能遇见素芭。无论做什么事，普拉塔普都喜欢有人陪着。在他钓鱼的时候，有一个安静的同伴再好不过。普拉塔普因为素芭的沉默而尊敬她，人们都叫哑女"素芭"，他叫她"素"，这足以证明他对素芭十分喜欢。

素芭经常坐在罗望子树下，普拉塔普则在离她稍远些的地方钓鱼。普拉塔普会带来少量蒟（jǔ）酱叶①，素芭帮他调弄好。我猜想，素芭长久地坐在河边，一定是热切地盼望自己能为普拉塔普提供一些实质性的帮助，她想用尽一切办法来证明自己不是一个毫无用处的人。但是这里实在是没有需要她帮忙的地方。素芭转而向神灵祈求，希望自己能得到非凡的力量，创造出一些奇迹，好让普拉塔普惊讶地大叫："天哪！我没想到素竟然这么厉害！"

---

① 蒟酱叶：一种胡椒科植物，可以食用，也可以药用。

想想看，如果素芭是水中的仙女，她会慢慢地浮出水面，把蛇王头冠上的宝石送到岸边。普拉塔普肯定会放弃他那不值一提的钓鱼工作，潜入河里探寻水神的宫殿。他会看到一座宫殿，里面坐着的正是巴尼肯塔家的哑女儿，他的素。是的，是素芭，她是金碧辉煌的宫殿里唯一的公主！

然而这是素芭的幻想，永远成不了现实。虽然并不是所有的事情都不可能成真，但现实是：素芭生在巴尼肯塔家，没有生在宫廷中。她明白自己无法让戈萨因斯家的男孩对她刮目相看。

素芭慢慢长成了大姑娘，也感受到了自己内心的变化。一种无法形容的自我意识开始觉醒，就像月圆之夜从大海深处涌来的浪潮一样，涌向了她的内心。她看着自己，追问自己，却无法得到一个自己能明白的答案。

在一个满月的深夜，素芭打开了卧室的门，小心地向门外偷看。满月夜的大自然正和孤单的素芭一样，一起低头凝望着沉睡的大地。她那颗年轻的心脏强有力地跳动着，喜悦和悲伤溢出了心房。她的身心所能承受的孤独已经濒（bīn）临极限甚至超越了极限。她内心无比沉重，却说不出一句话来。在沉默忧郁的大自然母亲身边，站着她那沉默忧郁的哑女儿素芭。

素芭的父母一直为她的婚事忧心忡（chōng）忡。村里的人责怪他们，甚至想把他们赶出村子①。巴尼肯塔家家境富裕，一天能吃两顿咖喱鱼，因此，他们家树敌不少。后来竟然连村妇们也来他们家干涉此事。巴尼肯塔和

---

① 印度教教义《摩奴法典》中认为：印度女孩如果到达一定年纪不出嫁，会给周围的人带来厄运。

妻子商量后决定出去住一阵子，他回来后对全家人说："我们必须搬到加尔各答。"

全家人开始为搬家做准备，素芭的心情像是被笼罩了一层浓雾的清晨一般，十分沉重，眼中一直含着泪水。这些天来，她的心里充满了难以名状的恐惧，她像一只沉默的牲口一样一直跟在父母身后。素芭的眼睛睁得大大的，观察着父母的表情，希望探听点什么消息，但是父母什么也没有对她说。

一天下午，普拉塔普在河边钓鱼，笑着说："素，听说你家人为你物色了个新郎，你是不是要嫁人啦？到时候可不要忘了我呀！"说完，普拉塔普回过头继续钓鱼。

素芭看着普拉塔普，神情如面对猎人时受惊的母鹿，她的眼神中充满痛苦，好像在问他："我得罪过你吗？为什么你要这样讥讽我？"那天，素芭没有像从前一样在河边的树下坐着。

素芭的父亲从小憩中醒来，在卧室里抽烟，素芭坐在他的脚边哭泣，抬头看着父亲。父亲想要安慰她，自己却落下泪来。

他们决定第二天就动身去加尔各答。素芭去牛棚里和她最好的朋友们告别。她亲手喂它们吃草，又抱着它们的脖颈，凝望着它们的脸，很快，素芭忍不住哭了出来，晶莹的泪水像是在替她说话。

在一个月圆之夜，素芭走出家来到小河边，扑倒在绿油油的草地上。

她张开双臂拥抱着她那强壮而静默的大地母亲，仿佛在说："不要让我离开你，土地妈妈。我都伸出双手抱紧你了，求求你也来抱抱我吧，把我抱在你的怀中吧。"

搬到加尔各答后的某一天，素芭的母亲开始为她悉心打扮。母亲为素芭编好头发，系上发带，又给素芭戴上首饰，她想尽方法来破坏素芭的天生丽质。素芭此时满眼是泪，母亲却担心她把眼睛哭肿，厉声地责备她，但眼泪根本不受素芭的控制。

新郎由他的朋友陪着，来素芭家中相亲。素芭的父母手忙脚乱，慌里慌张，仿佛来家里的不是女婿而是天神，正要挑选祭祀（sì）用的牲畜。在把素芭送出房间让人过目之前，她的母亲又大声地训斥女儿，素芭哭得更厉害了。然后，素芭被带到客人们的面前，那人仔细端详了素芭好一会儿后评价道："还可以。"

新郎格外注意到了素芭的眼泪，心想她一定有一颗善良的心。他把素芭的眼泪看成她的美德，他觉得这颗心是因为必须离开父母而难过，这是一种可贵的品质。素芭的眼泪像河蚌（bàng）身体里的珍珠，提高了自身的价值，新郎之后没再多说什么。

双方定下一个适合结婚的好日子，素芭的父母把哑巴女儿交到对方手中后就回家了。谢天谢地，他们的种姓和下半辈子总算有了依靠。新郎在西部地区工作，婚后不久便带着妻子一同离开了加尔各答。

不到十天，夫家的人都知道了新娘是个哑巴。要是还有人不知道，那也不能怪她，毕竟素芭没有欺骗任何人，她早已用眼睛告诉了人们一切，只是人们领会不到而已。素芭盯着别人的手说不出话来，她的身边也没有人能用手语交谈。她开始想念家乡，想念那些自她出生以来就熟悉的面孔，还有那些能看懂她语言的人。此刻，她静默的心，在不断地无声哭泣着，那声音只有心灵的探寻者才听得见。

后来，素芭的丈夫吸取了教训，这一次，他不仅用眼睛打量，还用耳朵仔细地听，这才娶到了一个能说话的正常姑娘。

少爷归来

一

来到主人家做仆人的那年,拉伊恰伦十二岁。拉伊恰伦住在孟加拉西南部的杰索尔地区,他留着长头发,眼睛大大的,身体瘦削,肤色黝黑,他和主人都属于同一种姓。他在主人家的主要工作是照顾刚满一岁的少爷。

时间流逝,少爷离开了拉伊恰伦的怀抱,去学校读书。读完中学读大学,读完大学,少爷进入了司法部门工作。在少爷成家之前,拉伊恰伦一直是少爷唯一的仆人。

在少爷阿努库尔结婚后,拉伊恰伦的主人从一个变成两个。拉伊恰伦以

前照顾少爷的职责现在属于少奶奶了。虽然女主人夺走了一些拉伊恰伦的权力,但稍微对他做出了些补偿。她为丈夫阿努库尔生了一个儿子,拉伊恰伦在照顾这个孩子时尽心尽力,无微不至,很快,这个孩子就完全交由他照顾了。

拉伊恰伦常常带着孩子荡秋千,他把孩子高举过头顶,用大人们听不懂的婴儿语言逗他玩,他问着小婴儿各种问题,还会做出鬼脸逗他,孩子被逗得咯咯发笑,一见到他就手舞足蹈。

不久,小少爷能爬过门槛了。要是有人想去抓他,他会咯咯地大笑着躲到别人找不到的地方。小少爷动作麻利,思路清晰,这让拉伊恰伦感到十分惊讶。拉伊恰伦带着惊奇又赞叹的神情对女主人说:"太太,小少爷未来一定会成为一名法官,每月能赚五千卢比。"

新的奇迹接踵而至。小少爷开始蹒跚(pánshān)学步、咿呀学语了,对于拉伊恰伦来说，这是历史的新纪元。更让他惊讶的是，小少爷会叫"爸爸""妈妈""姑姑"，但只叫拉伊恰伦"恰恰"，这种亲疏或是尊卑观念在孩子的头脑里是如何形成的，没有人能说清楚，然而拉伊恰伦能断定，比小少爷年纪大的孩子都没他聪明，即便有这种聪明，长大也不一定能当法官。

不久，小少爷要求拉伊恰伦做些别的事，比如说让拉伊恰伦扮成一匹马，用牙咬着缰绳，给他当马骑。还有，他要陪他的小主人玩摔跤游戏，要是他不能用点伎俩假装摔倒被打败，小少爷一定会不停地尖叫吵闹。

那段时间，主人阿努库尔被派到帕德玛河岸的一个地区工作。在去加尔各答的路上，他给儿子买了一辆婴儿手推车，一件黄缎马甲，一顶镶金的帽子，还有几只金手镯和脚镯。每次出门散步前，拉伊恰伦总是满怀骄傲地为小主人把这些贵重的首饰和衣服穿戴齐整，再用小车推着他出门兜风。

不久，雨季来临了，屋外每天都在下着倾盆大雨。饥饿的帕德玛河像一条巨大的蟒蛇，吞噬着梯田、村庄和玉米地，也吞噬着沙洲上高高的芦苇和野生的木麻黄。浩荡的河水发出咆哮声，河岸崩塌的巨响能传到很远的地方。河水飞速地奔腾着，河面上泛起大量的泡沫，这让河流显得更加湍（tuān）急。

一天下午，雨停了。乌云仍未散尽，但是天气凉爽，阳光明媚。这么美好的下午，小主人显然不想待在家里，他爬进手推车让拉伊恰伦带他出去玩。

拉伊恰伦推着小少爷，慢慢走到河边的稻田里。田地中空无一人，河面上也空无一船。河对岸的远处，西边的乌云已经散去，沉寂的落日从云朵的缝隙中泻出一丝余晖。安静的小少爷突然伸手指向前方，喊道："恰恰，小法（花）！"

附近的泥地上有一棵黑檀子树，树上开满了花。小少爷用渴望的眼神望着那些花，拉伊恰伦明白了他的意思。前不久，拉伊恰伦用这些小花给小少爷做了一辆小花车，孩子十分高兴，用一根绳牵着它，那一整天小少爷都没有要求拉伊恰伦扮马陪他玩。就这样，拉伊恰伦从"马"升级成了"马夫"。

但是，拉伊恰伦并不想蹚过齐膝深的泥地去摘花。于是他迅速用手指了指相反的方向，喊道："快看，小少爷，看那儿，那里有只鸟！"拉伊恰伦发出奇怪的声音模仿起鸟叫，然后迅速推着小车离开了黑檀子树。

然而，一个未来要做法官的孩子是不会被轻易地哄骗过去的。周围并没有鸟儿可以吸引孩子的注意力，想象中的假鸟肯定会露馅。

小主人吵闹着坚决要他去摘花，拉伊恰伦对此束手无策。

"好吧，孩子，"他告诉小少爷，"你一定要乖乖地坐在小车里，我去给你摘好看的小花。你只要不靠近河边就行。"

他一边说着，一边把裤腿挽到膝盖上面，蹚过冒泡的泥地，向那棵黑檀

子树走去。

拉伊恰伦一走,小主人的注意力飞快地转移到了这条神秘的河上。孩子看到河水奔流而过,溅起的水花正哗哗作响。

调皮的浪花仿佛许多欢笑的孩童,正挣脱着照顾他们的"拉伊恰伦"。看到浪花在嬉戏,这个人类的孩子开始变得躁动不安。他偷偷地走下小推车,摇摇晃晃向河边走去。他捡起一根小树枝,趴在岸边假装钓鱼。浪花发出神秘的喧闹声,仿佛在用模糊的语言邀请孩子去参与他们的游戏。

在雨季中,帕德玛河中传来的"扑通"声极为常见,类似的声音一天中不知道会发生多少次。

拉伊恰伦从树上摘了一把鲜花带了回来,他的脸上挂着笑容。

然而,当他走到手推车附近时,发现孩子不见了踪影。他环顾四周,发现四周空无一人,回头看了看马车,那里也没有人。

恐惧刹那间涌上心头,拉伊恰伦的血液在那一刻仿佛凝固了,他眼前的世界开始变得像黑雾一样浑浊，拉伊恰伦顿时心如刀绞，他用带着绝望的哭腔声嘶力竭地叫喊着："少爷，少爷，我的小少爷啊！"

没有熟悉的声音喊"恰恰"，也没有孩子调皮的笑声和高兴的喊叫声回应他，欢迎他回来。河水一如往常地奔流而过，溅起的水花哗哗作响。河水根本不知道发生了什么事，也无暇（xiá）留意人类世界中发生的这件小事。

夜幕低垂，拉伊恰伦还没有回来，女主人心急如焚（fén），派人四处去寻。仆人们手里提着灯，来到了帕德玛河边。他们在那里找到了拉伊恰伦，他像一阵暴风横冲直撞，还在不停地用尖锐又绝望的声音呼喊着："小少爷，小少爷，我的小少爷啊！"

仆人们把拉伊恰伦送回家，他跪倒在女主人脚下。阿努库尔和妻子一遍又一遍地问拉伊恰伦"孩子去哪了"，但他只能回答不知道。

人们心里都清楚，是帕德玛河卷走了孩子，然而又不免疑神疑鬼，因为在拉伊恰伦带小少爷出去的那天下午，有人在村外看到了一群吉卜赛人。女主人悲恸欲绝，她甚至觉得是拉伊恰伦偷走了小少爷。她可怜兮兮地把拉伊恰伦叫到一旁，说："拉伊恰伦，把我的孩子还给我。你要多少钱我都可以给你，只要你把孩子还给我！"

听到女主人这样说，拉伊恰伦感到无比悔恨和愧疚，他只能不停地捶打着自己的头。

女主人最终下令将拉伊恰伦赶出家门。阿努库尔试图劝阻妻子打消这种

毫无根据的怀疑。他说:"拉伊恰伦有什么理由偷走孩子呢?"

妻子说:"有什么理由?因为孩子身上戴着金首饰啊!"

从那之后,再没有人能对女主人讲明白道理了。

二

拉伊恰伦回到了自己的村子。他虽然结婚多年,但至今没有孩子,也不太可能会有孩子了。然而,过了不到一年,他那已过中年的妻子竟然给他生下了一个儿子,但她也因难产去世了。

起初,拉伊恰伦在看到这个婴儿时,心头会涌起强烈的愤恨,因为他在内心深处认为,是这个孩子夺走了属于小少爷的幸福。他还觉得,主人家的小少爷都死了,他竟然还能跟自己的儿子一起幸福地生活,这严重地冒犯和伤害了主人一家。拉伊恰伦有一个丧偶的姐姐,如果不是她像母亲一样照顾拉伊恰伦的孩子,这个小婴儿可能就活不长了。

后来,一件奇妙的事改变了拉伊恰伦的想法。他的孩子会爬了,也会调皮地爬过门槛。这个孩子在躲他的时候也会聪明地"咯咯"笑着,躲到安全的地方。孩子发出"咿咿呀呀"的声音,他的笑容与眼泪、姿势和动作都与小少爷极度相像。有时,拉伊恰伦听到儿子的哭声会感到心如刀割,他仿佛听到了失去了"恰恰"的小少爷正在九泉之下哭泣。

拉伊恰伦的姐姐给侄子取名为"派尔纳"。派尔纳很快就会说话了,他会用孩童的腔调叫他的姑妈为"姑姑"。听到这熟悉的学语声,拉伊恰伦恍然大悟,他认为一定是小少爷忘不了他的挂念,从而转世投胎做了自己的儿子。

三个无可争辩的理由可以支持拉伊恰伦的观点:一是小主人死后不久,拉伊恰伦的孩子就出生了;二是他的妻子这么长时间都怀不上孩子,却突然间怀上了,这肯定不是妻子身体的原因;三是派尔纳既会蹒跚学步,又会叫"姑姑",这些在今后能成为法官的迹象都在派尔纳的身上出现了。

拉伊恰伦猛然想起了当时女主人不分青红皂白的指控,他惊讶地自言自语:"女主人是对的,的确是我偷走了她的孩子。"

意识到这一点,拉伊恰伦为过去对儿子的忽视而悔恨万分。从那之后,他开始全心全意地照顾儿子,无法掩饰对他的喜爱。

拉伊恰伦把儿子当成富家少爷来养。他熔掉了亡妻的首饰,给派尔纳打造了金手镯和脚镯。他不让儿子和街坊邻居的小孩一起玩,自己则成了儿子唯一的玩伴,每天和儿子形影不离。派尔纳长成大男孩后,性情骄

纵，衣着华丽，村里的孩子都嘲笑他，叫他"少爷"。大人们都觉得拉伊恰伦过度执迷，简直不可理喻。

后来，派尔纳到了上学的年龄。拉伊恰伦卖掉了他所有的土地，带着派尔纳来到了加尔各答。他费尽艰辛才找到了一份仆人的工作，又把派尔纳送进学校上学。拉伊恰伦过得捉襟（jīn）见肘①，却极尽所能地给儿子最好的教育、最好的吃穿。他暗想："啊！我的小少爷，我亲爱的小主人，你竟然如此舍不得我，转世到我家，我一定不会亏待你，也不会丢下你不管的。"

就这样过去了十二年，派尔纳受到了良好的教育。他仪表堂堂，聪慧过人，但同时，他贪图享乐，讲究排场，花起钱来大手大脚，十分注重形象，尤其会把头发梳得光亮。令人难过的是，派尔纳从来没把拉伊恰伦看作自己的父亲，因为虽然拉伊恰伦对派尔纳心怀父爱，做起事来却像个仆人。拉伊恰伦还犯了一个严重的错误——他没有告诉身边的任何人，自己就是派尔纳的亲生父亲。

和派尔纳住同一间宿舍的同学们常常取笑拉伊恰伦像个乡巴佬，事实上，当父亲不在身边时，派尔纳也会同他们一起取笑拉伊恰伦。不过，同学们从心底喜欢这位心地善良的老人，派尔纳也不例外。然而，正如前文所说，派尔纳的爱带着一种居高临下的傲慢，类似于主人对仆人的恩宠。

拉伊恰伦年纪越来越大，干起活来也比不上从前了。他的雇主，甚至

---

① 捉襟见肘：比喻顾此失彼，穷于应付。

连儿子也总是挑他的刺。为了供养派尔纳，拉伊恰伦经常吃不饱饭，他的身体愈发虚弱，难以完成每天的工作。他的头脑愚钝迟缓，经常忘事。雇主花钱是为了找一个能做事的仆人，自然不会容忍拉伊恰伦给自己找各种借口。卖地赚的钱已经用完了，儿子却总在抱怨衣服不合心意，伸手找他要更多的钱。

三

终于有一天，拉伊恰伦下定决心辞去了工作，在给派尔纳留下一点钱后，告诉派尔纳："我要回老家处理点事情，很快就回来。"

拉伊恰伦动身前往巴拉瑟德镇，之前的主人阿努库尔在那里做治安法官。小少爷死后，夫妇俩没能再要上孩子，女主人现在依然悲痛万分。

一天傍晚，疲惫的阿努库尔下班后回家休息，妻子正在从江湖郎中手里购买高价草药，据说吃后可以怀孕。阿努库尔听到院里传来一声问候，便走出去查看，发现是拉伊恰伦。看到陪自己长大的仆人拉伊恰伦已经老态龙钟，阿努库尔心头涌上一阵酸楚和怜悯（mǐn）。他拉着拉伊恰伦的手说了一些家长里短，并提议他回来继续做事。

拉伊恰伦微笑着说："我想见见少奶奶，带点祝福给她。"

阿努库尔带着拉伊恰伦进屋，太太却不像阿努库尔那般热情。拉伊恰伦并没有介意女主人的态度，他双手交握在身前，说："太太，偷走小少爷的并不是帕德玛河，也不是其他人，而是我这个卑鄙小人。"

阿努库尔吃惊地喊道："我的老天爷！你在说什么？他现在在哪儿？"

拉伊恰伦回答："他一直在由我养着。后天我会带他到这里来。"

约定的日子是星期天，阿努库尔不用上班。一大早，夫妇俩就满心期待地站在路边张望，等着拉伊恰伦。十点，拉伊恰伦领着派尔纳来了。

女主人没有丝毫怀疑，什么都没有问，也什么都没有想，她把派尔纳揽进怀里，欣喜若狂，又哭又笑，抚摸着孩子，亲吻他的头发和额头，眼神里满是欢喜和爱怜。这孩子相貌标致，穿着打扮像极了富贵人家的公子，看到这一幕，连阿努库尔的心头也突然涌起了慈爱之意。

然而，出于法官的直觉，他问道："你怎么能证明是我们的孩子？"

拉伊恰伦说："还需要如何证明呢？是我偷了你们的孩子，这事只有老天爷知道，再没有第二个人知道了。"

阿努库尔看见妻子正紧紧地抱住那孩子，他意识到已经不必再索要证据

了，明智的做法是相信拉伊恰伦。再说，拉伊恰伦已经上了年纪，怎么能有这么年轻的孩子呢？他曾经是他们家忠厚的仆人，为何会平白无故地欺骗他们呢？

"但是，"阿努库尔正色道，"拉伊恰伦，我们家不能收留你。"

"主人，我还能去哪里呢？"拉伊恰伦双手交握垂在身前，哽咽着说，"我已经老了，谁还能雇我当仆人呢？"

女主人说："让他留下吧，孩子也会高兴的。我现在原谅他了。"

阿努库尔是一名法官，法官的良知不允许他为此事而妥协。

"不行，"阿努库尔说，"我无法原谅他偷走孩子的行为。"

拉伊恰伦跪倒在地，抱着主人的脚哀求道："主人，让我留下吧。不是我想偷走孩子，是老天爷让我这么干的啊！"

拉伊恰伦竟然把自己的过错推给了老天爷，听到他这样说，阿努库尔怒不可遏（è）。

他说："我绝不能答应你。你背叛过我们，我再也不能相信你了。"

拉伊恰伦站起来说："我不是那种人啊，老爷。"

"那谁是呢？"阿努库尔问他。

拉伊恰伦回答："是命运啊！"

一个受过高等教育的法官根本无法接受这种拙劣的借口。阿努库尔不为所动。

知道了自己是法官的儿子，而非穷仆人的孩子后，派尔纳很是愤怒，因为想到自己与生俱来的优越权利竟然被这个老头剥夺了。然而，在看到痛苦不堪的拉伊恰伦后，派尔纳宽宏大量地对法官说："爸爸，请你原谅他吧。如果你不想让他留下，就每个月给他一些养老金吧。"

　　听到派尔纳这样说，拉伊恰伦沉默了。他最后看了一眼自己的孩子，告别了旧日的主人，消失在了茫茫人海中。

　　月末，阿努库尔给拉伊恰伦的村子寄了一笔钱，但是不久之后便被邮局退了回来。

　　邮局回复说：拉伊恰伦，查无此人。

邮政局长

我们的邮政局长刚开始参加工作,就被派到乌拉普尔村任职。乌拉普尔村地方不大,村庄附近有一家靛(diàn)蓝染料工厂,厂长是英国人,他在历经一番周折后才在村里建了一所新的邮政局。

邮政局长年纪很轻,来自加尔各答。被派到这个偏远的小村庄工作,他的境况与一条被扔到岸上的鱼十分相似。

他的办公室和住处是一间昏暗的破木屋,在他的住所四周是茂密的树林,不远处有一汪池塘,池塘里的水浑浊到发绿。

染料工厂里的工人们闲暇的时间不多,像邮政局长这样的文化人并不想和他们交朋友。此外,这个加尔各答的年轻人也不擅长和人打交道。和陌生人待在一起时,他不是过于清高就是感到拘谨。总而言之,邮政局长在当地几乎没有什么朋友。

他偶尔会写一两首小诗,诗中流露出的情绪会让别人觉得:树叶随风起舞,云朵自在流动,这些小事足以让他的生活充满欢乐。

然而只有心灵之神知道,要是童话故事里的魔鬼能在一夜之间推倒所有的树,铺上一条宽阔的碎石路,再建起成排的高楼,挡住人们那仰望天上流云的视线,那么这位了无生趣的邮政局长便会得到他所向往的全新生活了。

邮政局长领的薪水很少,所以必须自己做饭吃。

村里有一个孤女名叫拉坦,她以帮邮政局长打杂为生。拉坦十二三岁,目前为止,还看不出她有任何出嫁的可能。

傍晚,村里的牛舍升起炊烟,灌木丛里传来蟋蟀的歌唱。村子的远处,一群喝醉了的吟游诗人正在敲锣打鼓,放声高歌。

邮政局长独自坐在昏暗的走廊里,盯着随风摇动的树叶,每当心中涌起一阵微澜时,他就会在里屋的角落里点上一盏火苗细小的灯,叫道:"拉坦!"

拉坦常常坐在门口等待邮政局长的吩咐,听到喊声后,她不会立刻进屋,而是先回应他。

"先生,刚才是您在叫我吗?"

邮政局长问她:"你在忙什么?"

拉坦回答他:"我马上得去厨房生火。"

邮政局长说："等等再去生火,先帮我把烟斗点上吧。"

这时,拉坦才走进屋来,鼓起腮帮吹着红炭,为邮政局长生火点烟。

邮政局长从她手里接过烟斗后问道:"拉坦,你想念你的母亲吗?"

关于母亲的话题,人们总有许多话可以讲,但对于拉坦来说,有些事记忆犹新,有些事则完全淡忘了。

比起母亲,她更喜欢父亲,因此想到父亲时,拉坦的回忆更生动。她依稀记得,父亲结束工作后,总在傍晚回到家里,这其中总有一两个场景像清晰的图画,铭刻在她的脑海里。

拉坦一边回忆一边走过去,就地坐在邮政局长的脚边。她会想起弟弟,想起几年前一个雨天的下午,他俩用一根树枝当钓竿,在池塘边玩钓鱼游戏。相较其他更重要的事,这幕场景更多地出现在她的脑海中。

他们常常会聊到很晚,邮政局长就懒得做饭了,拉坦则会急急忙忙生火,烤一些来不及发酵的面包,加上早上的剩饭,两人凑合着吃一顿晚饭。

就这样,每天傍晚时分,邮政局长都会坐在办公室里,和拉坦聊起自己家乡的人和事,他会谈论起自己的母亲和姐姐。一聊起这些亲人,独居异乡的他内心会有一丝凄凉。

虽然这些情绪一直在他的心头萦绕,但他绝不会对染料厂里的工人们吐露分毫。

不过,邮政局长从来没有过对拉坦这个天真的小女孩设防,他也从没感

觉对她倾诉有何不妥，时间长了，拉坦仿佛成了他家里的一员。

在交谈时，拉坦也会称邮政局长的家人为母亲、姐姐或是哥哥，仿佛他们也是自己的亲人。拉坦甚至在心里描绘出了他们的相貌。

雨过天晴的午后，微风凉爽而轻柔。湿润的小草和树叶沐浴着阳光，散发着清香。在大自然的宫殿里，不知从哪儿飞来一只固执的鸟儿不厌其烦地叫了整个下午，用悲凉的声音倾诉着哀怨。

树叶经过雨水洗涤，在阳光下闪闪发光，积雨云散去后，仍有云彩堆叠在天空中。结束了工作的邮政局长望着眼前的景色，心想："啊，要是此刻能有个贴心人在身边那该有多好！"

他甚至觉得那只聒噪的鸟儿此刻也一定像他一样在不停地倾诉着这样的心声，杳无人影的正午时分，树叶的沙沙声中也一定蕴含这样的心绪。没有人知道，也没有人相信，像他这样一位收入微薄的乡村邮政局长竟然会有这种想法。

邮政局长叹了口气，叫了声："拉坦！"

拉坦正伸展着四肢坐在番石榴树下，忙着吃未熟的番石榴。听到邮政局长的喊声，她上气不接下气地跑过来，说："兄长先生，是您在叫我吗？"

邮政局长说："我在想，要不我教你认字吧。"

于是，那天之后，每天中午他都会教拉坦学习字母表。没过多少日子，拉坦就学到了双音节单词。

阴雨连绵的季节里，沟渠和池塘里全都蓄满了水。雨滴声和蛙鸣声响彻日夜，不绝于耳。村里的路上积满雨水，几乎没有行人，去赶集的人们只能乘船。

一个大雨倾盆的早晨，邮政局长的女学生拉坦在门外等候了很久。她仔细地留意着，但一直没听到平日的呼喊声。

她拿着一本破旧的书，蹑手蹑脚地走进屋里，她看到邮政局长躺在床上，以为他还在休息，刚想悄悄地溜出去，突然听到邮政局长喊她的名字："拉坦！"

她马上回过身来问道："兄长先生，您休息好了吗？"

邮政局长有气无力地回答她："我身体不太舒服。你摸摸我的额头，看我是不是发烧了。"

这阴雨绵绵的天气，让在异乡漂泊、倍感孤独、卧病在床的邮政局长，渴望得到一丝温柔的关怀。

他渴望着那只手腕上戴着手镯、温暖、柔软的小手抚摸自己的额头；他渴望有一个像母亲或姐姐那样的贴心女人在身边照顾自己。

此刻，这个外乡人的愿望实现了，因为拉坦已经长成大姑娘了，她扮演起了母亲的角色。

拉坦请村里的医生来为他看病，按时服侍邮政局长吃药，为他煮粥，整夜守在他的病榻旁，不时问一句："兄长先生，您感觉好些了吗？"

一段时间后，邮政局长的病情有所好转，尽管他的身体依旧虚弱，但可以下床行走了。

"不能再这样下去了，"邮政局长心意已决，"我必须从这里调走。"于是，他给加尔各答总部写了封信，以当地卫生条件差为由，申请职位调离。

不再需要照顾邮政局长后，拉坦又经常坐在门外的老地方，但邮政局长不再叫她进去学习了。

她偶尔会朝屋内偷看，有时看到他坐在椅子上，有时看到他躺在床上，有时看到他茫然地盯着天空。

拉坦在等待邮政局长的呼唤，而邮政局长在等待申请信的回音。拉坦将旧日所学的知识复习了一遍又一遍，她担心下次邮政局长再叫她时，自己会把双音节单词念错。

一周之后，那熟悉的呼唤声终于响起。拉坦的心狂跳不已，她小跑着冲进屋里说："兄长先生，是您叫我吗？"

邮政局长说:"拉坦,明天我就要走了。"

"兄长先生,您要去哪里?"

"我要回家乡。"

"您还会回来吗?"

"我不会再回来了。"

拉坦不再追问,邮政局长却继续说下去。他告诉她,他的调职申请没有通过,所以他要辞职回加尔各答。

接下来是一段长久的沉默。灯光忽明忽暗,屋子的一角啪嗒啪嗒地滴着水,落进地上的瓦罐里。

过了一会儿,拉坦站起身来,去厨房准备晚饭。她心事重重,动作不再像往日那般麻利。

吃完晚饭,拉坦突然问:"兄长先生,您能带我一起走吗?"

邮政局长笑着回答她:"那怎么能行?"但他并没有向小姑娘解释不能带她走的理由,因为他觉得没有必要。

那晚,拉坦不管是在醒时还是在梦里,邮政局长笑着回答她的声音总是回荡在脑海里:"那怎么能行?"

第二天早上起床时,邮政局长看到洗澡水已经备好了。

邮政局长一直坚持着在加尔各答时的习惯,用水罐打水洗澡,而不是入乡随俗,到河里去洗澡。拉坦不方便问他何时动身,所以,早在日出之前她就打好了水，以备不时之需。

洗过澡后，邮政局长叫来拉坦。她默不作声地进来，看着这位兄长，听候着他的吩咐。

邮政局长说："拉坦，你不必担心，我会叮嘱我的继任者，让他多照顾你一些。"

毋（wú）庸置疑，邮政局长是因为关心她才讲这些话，他的语气真诚又仁慈，可是谁能猜中女人的心思呢？

拉坦以前曾被主人多次责骂过，却从无怨言。然而在听了局长温柔的话后，她却忍不住哭了起来。

她流着泪看着他，说："不，您不用对别人说那些话，我不会留在这里了。"

邮政局长从未见过拉坦这般抗拒，一时间有些错愕（è）。

新的邮政局长到任了。随后，辞职后的邮政局长交接完工作，准备启程归乡。

临行前，他把拉坦叫过来说："拉坦，我没有给过你什么东西，今天我要走了，这是一些钱，希望能帮你度过一些时日。"

他从兜里掏出这个月的薪水，只留下一点作为路费，其余的都给了拉坦。

拉坦突然跪在他的脚边，哭着说道："兄长先生，我求求您了，您不用

担心我,也不用留钱给我,更不用再为我操心了!"说完,拉坦就跑开了。

邮政局长叹了口气,背起他的旅行袋,撑开雨伞,慢慢地向客船走去,一个脚夫头上顶着五颜六色的行李箱跟在他身后。

邮政局长上了船,起航了。

雨季泛滥的河水像大地母亲涌出的泪水,绕着船头旋转、哭泣着。

他感到一阵心酸,女孩拉坦悲戚的面容浮现在眼前,仿佛流露着那些遍布世界又无法形容的痛苦。

他一度想冲下船去,回到乌拉普尔村,带走那个被世界遗忘的伶仃孤女。然而此时,劲风鼓满了船帆,船已驶进激流,村庄被远远地抛在了身后,只有远方岸上的垃圾焚烧场依稀可见。

这位远行的旅客以充满哲学的思想来自我开解:这个世界上每天都有很多人在经历生离死别,死亡是永远的别离,死者尚且不能复生,生离又算得了什么呢?

但拉坦没有这样理性的想法,她眼含着泪水,在邮政局附近游荡着,她的心底仍旧存着渺茫的希望:说不定邮政局长还会回来。正因如此,她才没有离开这里。

唉,那失去理智的人心啊,你为何无法战胜迷茫?理智的推理和判断为何不能早点进入你的脑海?

已经被现实证明过的虚幻希望,你为何还是把它紧紧地抱住不放?

总有一天，这种虚假的希望会吸干你所有的心血，然后远远地离开你，只有这时，人们才能痛苦地醒悟，但他们依然会甘于钻入新的情感迷宫，在下一次的经历中重蹈覆辙。

原来如此

一

克里希纳·戈帕尔·西尔恰尔是吉克拉科塔的地主,他是一位虔诚的印度教教徒。在把土地传给儿子后,他带着对宗教的热爱,到了恒河边的一座城市瓦拉纳西安享晚年。临别时,穷苦的乡亲们眼含热泪,每个人都觉得在这个世风日下的时代,像老地主这样仁慈的人已经不多见了。

克里希纳·戈帕尔的儿子比平·比哈里是一个接受了良好现代教育的年轻人,拿到了文学学士学位。他戴着一副眼镜,留着小胡子,平日里很少与他人交往,他洁身自好,不抽不赌。然而,他表面温柔和善,实际上却非常严苛,没过多久,村里的佃(diàn)农便意识到了这一点。他和他的父亲不一样。无论佃农们找什么样的借口,他的态度都很强硬:该交的地租一分钱都不能少,交租的时间也一天都不能拖延。

比平·比哈里接管了土地后,发现父亲允许许多婆罗门①佃农不缴租金,还有很多人的租金缴得远远不够。比平的父亲心肠软,无法拒绝佃农的哀求,这是他性格上的弱点。比平·比哈里认为不能再这样下去了。他绝不同意再像父亲那样减少收租,因为那些少收的钱加起来抵得上他一半的财产。他为自己的做法找了两个理由:首先,那些坐在家里不劳而获、专门依赖他家土地收入享受生活的人,大部分是不值得施舍和怜悯的,那样只会助长他们的懒惰;其次,和祖辈们相比,现在的生活成本更高,生活的必需品越来越多,要维持家里的开销需要花比以往多三倍的钱。因此,像父亲那样广布恩泽,他是负担不起的。相反,他的任务是将父亲施舍出去的东西尽量全部要回来。

比平·比哈里说干就干。他是个很有原则的人,那些本来就应该属于他的财产,他都一点一点地收回来了。只有一小部分租金他还没收齐,但他会想方设法地让佃农明白:这些钱早晚都是要交的。

佃农们对此怨声载道,他们写信把情况告诉比平的父亲克里希纳·戈帕尔。有些人甚至亲自跑到瓦拉纳西,当面对老地主倾诉心中的不满。克里

---

① 婆罗门:印度种姓制度中,把人分为四个等级,分别是婆罗门、刹帝利、吠舍、首陀罗,婆罗门是最高等级。

希纳·戈帕尔给儿子写信，在信中暗示了他对儿子做法的不满。儿子在回信时却说："时代已经变了。过去，地主少收点租金，佃农会送些小礼，谁也不吃亏。现在佃农送礼、地主收礼都是违法行为。地主唯一的收入就是佃农按规定缴纳的租金，没有别的收入来源。除非我们严格按规定收租，否则我们还能有什么收入呢？佃户不再额外送小礼，我们少收的租金拿什么来补偿呢？我们必须保证纯粹的租佃关系。如果继续施舍佃农，我们自身的财产和地位很难保住，以后有可能会破产。"

克里希纳·戈帕尔发现时代竟然有了这么大的变化，感到十分不安。他想："年轻人总是懂得多些，我们的老办法不管用了。要是我再插手这件事，佃农们就会要求我回去重新接管土地。这可不行。无论如何，还是将我晚年的时光献给天神吧！"

二

比平·比哈里继续按自己的意愿行事。在经历了法庭上的多次官司和法庭外的多次斗争之后，比平·比哈里终于处理好了收租这件事。佃农们大多慑（shè）①于他的手段，顺从了他的意愿。只有寡妇米尔扎·比比的儿子阿西姆丁仍旧顽固不化。

---

① 慑：害怕。

比平·比哈里对这个人极为不满。他能理解父亲免除婆罗门佃农地租的做法，让他不理解的是：为什么阿西姆丁明明是个穆斯林，却能拥有这么多免除租金或低租金的土地？阿西姆丁是谁？不过是出身卑微的寡妇的儿子，又是个异教徒，他仗着在村里的学校认过几个字，就自命不凡，目中无人。

比平·比哈里对他简直厌恶至极。他问老仆人，阿西姆丁的名下到底有多少亩租地？仆人只知道在很多年前，戈帕尔老爷就开始接济他们母子俩，但他们也不知道老爷为什么这么做，猜想可能是因为老爷心地善良，同情弱者，见不得独自拉扯孩子的寡妇吃苦受难。

在比平看来，父亲完全不应该施舍这两个人，因为比平从未看到过他们过去可怜的处境。如今，比平只觉得他们生活闲散，态度傲慢。比平认为他们是无耻的骗子，骗走了心地善良的父亲的一部分合法收入。

阿西姆丁是个蛮横的年轻人。他扬言，自己宁可去死，也绝不允许任何人收走他的地。后来，他开始公开与比平为敌。

阿西姆丁的老母亲米尔扎·比比总是竭力地开导儿子，常常对阿西姆丁说："孩子，和地主斗争不会有好结果的，有了他们的好心施舍，我们才能活到今天。就算恩惠减少了，我们还得靠租地吃饭，就听老爷的话，交出部分租地吧。"

阿西姆丁不服气地说："妈妈，你懂什么？"

阿西姆丁输掉了一场又一场官司。然而，他输掉的越多，越是执迷不悟。为了保住他的租地，他押上了自己的一切。

一天下午，米尔扎·比比在她的小园子里摘了一些水果和蔬菜，瞒着阿西姆丁去见比平。她望着比平，眼里满是慈母般的柔情。她说："我的孩子，愿真主保佑你。你不能毁了阿西姆丁，我把他托付给你，就当他是一个没有出息、需要你养活的弟弟吧！我的孩子，你那么有钱，施舍一点给他又有什么关系呢？"

比平看着这个老妇人像亲人似的对他絮絮叨叨，大为光火，反感地说道："你一个老太婆能懂什么？回去叫你儿子来吧！"

这是继自己的儿子之后，再一次有人说她什么也不懂。米尔扎·比比一

路用围裙擦着眼泪,回到家中后默默地向真主祈祷。

三

阿西姆丁和比平的官司从刑事法庭打到了民事法庭,又从地方法院打到最高法院,拖了一年半,阿西姆丁被折腾得筋疲力尽。如今,阿西姆丁债台高筑,已经破产了。他的债主们落井下石,挑这个时候让他还钱。阿西姆丁已经倾家荡产,仅有的财产也已经确定了拍卖日期。

这天是星期一。村里的集市设在小河边,因为暴雨,河里涨满了水。河岸边和泊船上都有生意往来,好不热闹。时值阿沙拉月①,在街上售卖的商品中多是菠萝蜜和鲤鱼。天上阴云密布,集市上很多摆摊的小商贩担心下大雨,便用竹竿支撑着雨布以防万一。

阿西姆丁也来到了街上,不过他身无分文。如今不会有摊主再允许他赊账,他只能带上一个铜盘和一把刀,打算当掉它们换点钱,买些生活的必需品。

傍晚时分,比平在随身携带着铁棒的保镖的陪同下外出散步。集市的喧闹声吸引了他,他向河边走去。比平停在油贩德瓦里的摊位前,亲切地询问摊主生意如何。突然,阿西姆丁举起刀,像老虎一样咆哮着冲向比平。赶集

---

① 阿沙拉月:印历月份,相当于公历6至7月。

的人们在半路把他截住,迅速地夺下了他的刀,将他交给了警察,集市这才恢复了秩序。

很难说比平先生心里不会因为此事而窃喜。被捕猎的猎物竟然还敢张牙舞爪奋起反抗?这绝对不能容忍!

"这个坏蛋,"比平轻声地笑着说,"他最终还是被抓住了。"

比平家的女人们听说这件事后大声惊呼道:"天哪,那个恶棍!幸亏及时抓住他了!"

当然,一想到阿西姆丁即将受到应得的惩罚,她们的心里便感到了一丝安慰。

那天晚上,寡妇米尔扎·比比家中没有食物,没有儿子,她那简陋的草屋中充满绝望的阴影。其他人早把被捕的阿西姆丁抛在脑后,吃完晚饭就上床睡觉了,可是对寡妇米尔扎·比比来说,儿子被捕的事大过天。然而,谁又能替她去为这件事抗争呢?黑暗里,老母亲那身疲惫的骨头在恐惧中无助地颤抖着。

四

阿西姆丁被捕已经有三四天了。明天,这个案子将由一位副治安法官审理,比平先生必须作为目击证人出庭。此前,在吉克拉科塔这个地方从来没有哪个地主出庭做过证,不过比平先生对此并不介意。

第二天,比平先生围着头巾,挂着怀表,坐着一乘(shèng)轿子准时来到法院,颇有地主的排场。法院被人群挤得水泄不通,已经许多年没有过这样的场面了。

马上就要开庭了,一个仆人忽然进来传信,他小声地在比平先生的耳边说了几句话。比平先生激动地站了起来,请求法官宽限他几分钟,然后走了出去。

比平出去后,看到父亲披着印有天神名字的肩巾,手里拿着一串念珠,赤脚站在不远处的榕树下。他那瘦削的身体像星星一样散发出柔和的光辉,在他的脸上满是平静与慈爱。

比平俯下身去,向父亲行触脚礼。比平穿着紧身的马裤和宽大的衣袍,弯腰行礼时很不方便。他头上的头巾散开了,拂过他的鼻子,怀里的怀表也掉了出来,在空中来回摆荡。比平赶紧围好头巾,恳请他的父亲去附近的律师家里歇脚。

"不用了,"父亲回答,"我就在这里把想说的话说完吧。"

周围聚满了好奇的看客,比平的随从把他们赶走了。

父亲说:"你必须想尽办法,让阿西姆丁无罪释放,并且将他上交的租地还给他。"

比平非常惊讶地说:"您大老远赶回来就为了这件事吗?您能不能告诉我,究竟为什么要特别照顾这个人?"

"我的孩子,知道答案对你又有什么好处呢?"

比平穷追不舍地问道:"爸爸,我收回了之前你给佃农们的恩惠,其中还有许多是婆罗门的,您对此尚且不过问一句,为什么会对这个年轻人的事这么上心呢?事情已经发展到了这种地步,要是我向阿西姆丁妥协,把他的租地还给他,那我怎么向其他的佃农交代?"

克里希纳·戈帕尔沉默了一会儿,手指飞快地搓着念珠。随后,他声音颤抖地说:"如果非要给大家一个交代,你就告诉他们,阿西姆丁是我的儿子,你的弟弟。"

"什么?"比平痛苦地叫出声来,"他竟然是我的弟弟?"

"是啊,孩子。"父亲平静地说。

比平的脸上满是惊愕,一时半会儿说不出话来。过了好一会儿他才开口:"回家吧,爸爸,我们晚点再说这件事。"

"不行,孩子,"老父亲说,"我已经远离尘世,选择侍奉天神,不能再回家了。所以我专程赶来找你说这件事。现在，你要凭着良心做出选择。"

说完，他为儿子祈福后，忍着眼泪，颤颤巍巍地走远了。

比平呆若木鸡，不知道应该怎么办。他自言自语道："老一辈人的虔诚就是这样的吧。"他又自豪地想到，自己接受的教育、践行的道德准则可比父亲那辈人要好得多。他逐渐想明白了，事情会变成这样完全是父亲做事没有原则的结果。

比平回到法庭后，看到阿西姆丁由两名警察看押着，站在庭外候审。阿西姆丁看起来憔悴（qiáocuì）不堪，衣衫肮脏破旧，嘴唇苍白干裂，而他的眼睛则像是能喷射出火焰一般。

"这种人竟然会是我的兄弟！"想到这儿，比平感到不寒而栗。

由于比平和法官的关系不错，这个案子也就不了了之了。

几天后，阿西姆丁被释放了，并且拿回了先前的租地。他不明白什么原因，村民们对此也感到十分惊讶。

然而，戈帕尔在开庭前回来过的消息不胫（jìng）而走①，人们对此事议论纷纷。一些精明的律师猜出了整件事情的原委。其中有一位名叫拉姆·塔伦的律师，正是因为戈帕尔的资助才得以读书学习，因此有了新的人生。他很感激戈帕尔老爷，但不知何故，他总是怀疑这位恩人，现在他终于明白了。此刻，困扰拉姆·塔伦先生多年的问题终于解决了。

---

① 不胫而走：多指消息无声地散播。

胜与败

国王纳拉扬有个女儿名叫阿吉塔,宫廷诗人斯赫克哈尔从未亲眼见过这位公主。每当斯赫克哈尔在皇宫大厅里给国王朗诵新诗作的时候,他总是提高嗓音,好让那些躲在二楼纱幕后面的女眷也能听到。他觉得自己优美的吟诵声仿佛能传到广阔的星空,不仅如此,他还认为在这个世界上,有一个虽未谋面但让他魂牵梦绕的女神,因为听到了他的诗作而脸上绽放出光芒。

斯赫克哈尔有时会在脑海中幻想着阿吉塔公主的倩影,有时又仿佛能够听见从远处传来"叮叮当当"的声音,他觉得这是公主脚踝上的金铃在歌唱。公主的双脚粉嫩又柔软,上面涂着鲜艳的指甲油,她优雅地行走着,像是降临人间的女神。斯赫克哈尔曾不止一次地幻想过,自己拜倒在公主的脚下,把她供奉在心中的神坛之上。他感叹道,假如能一边听着公主脚踝上的金铃声，一边创作诗歌，这感觉该有多棒啊！然而，对于那个在纱幕后面走动的倩影和同他的心跳共振的金铃声到底属不属于公主，他从未产生过质疑。

曼杰丽是公主的侍女。她去河边洗衣服时会经过斯赫克哈尔的家，每次路过时她都会私下和诗人聊上几句。有时，在暮色降临、路上空无一人时，曼杰丽会大胆地走进诗人的家中，在墙角的地毯边坐一会儿。其实她根本没有必要这么频繁地去河边，如果她只是想去河边洗衣服的话，为什么要精心打扮一番，穿着漂亮的衣服，戴着美丽的面纱与首饰呢？

人们发现这件事后，偶尔会说笑着小声议论他俩，这也不能怪他们多嘴，因为斯赫克哈尔每次见到曼杰丽都会很高兴，对此他毫不掩饰。

"曼杰丽"的意思是"蓓蕾（bèilěi）"。对于普通人来说，这只是一个人的名字，但斯赫克哈尔为这个名字增添了不少诗意，称她为"春日的蓓蕾"。人们听到后摇着头说："哎呀，这下事情麻烦了！"

斯赫克哈尔后来又增添了对曼杰丽名字的描绘，变成了"美妙春日里的蓓蕾"，国王听到后颇有意味地对他眨着眼微笑，他有时也会和诗人开起玩笑，诗人并不介意，他会和国王一起笑。

国王故意问斯赫克哈尔："蜜蜂只有在春日的宫廷里才会嗡嗡叫吗？"

诗人回答说："不，蜜蜂在其他季节里也会歌唱，只要有花蜜可采。"

宫殿大厅里的人们都放声大笑起来。后来，听说阿吉塔公主也会拿侍女曼杰丽新的名字取乐，不过曼杰丽并不生气。

人类的生活中混杂着真实和虚假。这种虚假，有的是命中注定的，有的则是人们自己或是他人故意为之。然而，只有诗人的诗歌才是真实的、完美的。他在诗歌中吟诵爱着人类的黑天神克里希纳和被爱的牧羊女拉达，吟诵欢乐与忧伤。斯赫克哈尔的诗歌中有他最真实的自我，诗歌的质量也经得起所有人的检验。上至国王，下至乞丐，人们都会争相传唱他的诗歌。

当月亮洒下温柔的微光、夏风送来最温馨的问候时，斯赫克哈尔的诗歌便会从庭院和窗户中传出，从航行的船只上飘来，从路旁的树荫中流露。无数的声音一齐吟诵着，传遍了整个王国，诗人的名气也随之越来越大。

斯赫克哈尔不停地创作着诗歌；国王时常聆听他的佳作；民众为他的文采欢呼；去河边打水的曼杰丽经常流连在诗人的家门口；宫殿二楼纱幕后面的倩影在轻盈地走动，脚腕上的金铃声依旧会从远方传来……日子就这样一天天重复着，时间悄悄地流逝了。

某一天，一位从印度的德干高原来的诗人来到了阿马拉布尔王国。这位诗人声名远扬、才思敏捷，此前从未遇到过与自己实力相当的对手。此刻，他站在国王的王座前，吟诵了一首称颂国王的诗歌。

国王态度恭敬地说："伟大的诗人，欢迎来到我的国度。"

这位名叫蓬达里克的诗人自负地提出了一个建议："陛下，请您举办一场赛诗会吧。"

国王同意了。

宫廷诗人斯赫克哈尔不得不按照国王的意思参加这场比赛，但他并不了解什么是赛诗会。他既激动又担心，紧张到睡不着觉，因为他的对手蓬达里克声名远播。斯赫克哈尔的脑海中不断地浮现着蓬达里克趾高气扬的形象，他身材高大，挺着脖子，昂着头颅，鼻子如尖利的弯刀。对蓬达里克的恐惧，让他彻夜无眠。

第二天一早，紧张不安的斯赫克哈尔来到了诗歌比赛的"战场"，台下此刻挤满了观众。斯赫克哈尔向对手蓬达里克微笑着鞠躬，致以问候，但蓬达里克姿态傲慢，不屑地点了点头，算作回礼，随即他转身面向自己的崇拜者，意味深长地对他们笑着。

斯赫克哈尔抬头望向二楼的闺阁，他知道今天会有数百双眼睛从那里盯着会场，他在心里默念道："啊，我的女神阿吉塔！如果我今日能得胜，那一定是你带给我的好运和祝福！"

比赛的号角已经吹响。观众们全休起立，高呼着："必胜！必胜！"国王如一朵秋日的流云，缓缓地走到王座前坐了下来。

蓬达里克首先站了起来，场内渐渐安静下来。他昂首挺胸，声如雷鸣，吟诵了一首赞扬国王纳拉扬的诗歌。他浑厚的声音像大海的波浪撞击着宫殿的墙壁和屋顶，他一个人的声音就能让整个会场的人的胸腔产生共鸣，进而发颤！

蓬达里克吟诵的诗歌中蕴含高超的技巧和艺术，他赋予了国王纳拉扬的名字更多丰富的含义，又把国王名字中的每个字母都纳入自己的诗句中。那精巧的编排和构思让全场的观众心醉神迷，人们全都屏息凝神地聆听着他的

吟诵。

在蓬达里克落座后的几分钟里,他的声音仍旧回荡在宫殿中,也回荡在所有听众的脑海里。许多特地从远方赶来观战的学者都举起手为他高声地喝彩:"太棒了!"

叫好声逐渐减弱,国王看了斯赫克哈尔一眼,斯赫克哈尔慢慢地站了起来,虽然他看起来很镇定,但他的脸上流露出不自信的神情。

诗人的内心此刻在呼喊着:"我的国王啊,作为你的诗人,我会为了荣誉,义不容辞地到诗歌的战场上去战斗,然而……"斯赫克哈尔瞄了一眼对手,低下了头。

蓬达里克此时像一头狮子,而斯赫克哈尔则像一只被猎人逼得走投无路的小鹿。他面色苍白,神情羞怯,像个新娘。他的小身板看起来弱不禁风,像是一把七弦琴,人们只需要轻轻地触碰一下,他的身体便会有音符倾泻而出。

刚开始吟诵时,斯赫克哈尔低着头,他的嗓门很小,第一小节的诗句人们几乎无法听清。后来,他缓缓地抬起头,逐渐地进入忘我的境地,目光所及之处,听众似乎消失了,就连墙壁似乎都被他那炽热的目光熔化了!

此刻,斯赫克哈尔的声音清亮而甜美,如颤动的火焰直冲云霄。他先是回忆过去,赞颂着国王纳拉扬的祖先,随后又谈及纳拉扬征战时的勇敢以及他后来的贡献和伟业。最后,诗人凝望着国王的脸,把臣民们对王室的敬爱用语言表达出来。他仿佛把民众那成千上万条的情感河流从五湖四海汇聚在了一起,让它们奔腾在这写满历史的王宫中。斯赫克哈尔的意志和灵魂仿佛化成了一缕徐徐升起的熏香,它在环绕、拥抱、亲吻着宫殿里的每一块砖石,接着飘到了二楼的闺阁里,拜倒在他所挂念的公主脚下。最终,那份炽热的感情又回到了宝座前,围绕着国王波动,久久不能平息。

吟诵完之后,斯赫克哈尔仿佛忘记了自己在什么地方,他在落座前,颤抖着说出了最后几句话:"陛下,我的语言或许会被打败,但我对您的忠诚和敬爱之心永远不会被打败!"

观众们此时热泪盈眶,嘴里喊着"必胜",那声音连石墙都为之震颤。

蓬达里克严肃地摇了摇头,对突然动情的观众们报以轻蔑(miè)的讥笑。他站了起来,用不可一世的口吻抛出一个问题:"忠诚真的能凌驾于语言之上吗?难道这个世界上还有什么东西能比语言更重要吗?"

场内重新陷入安静。

接着,蓬达里克开始引经据典,费尽心思来证明自己的观点:语言才是万物之始,才是真理。在世界上,语言的重要性高于一切,连印度的三大神灵都要尊重语言,因此语言的地位甚至要高于凡人敬仰的神灵。

蓬达里克说起话来气吞斗牛①,假如此刻神灵在场,就连四张嘴的梵天和五张嘴的湿婆也会被他的气势所打压,无法与他争辩。他声如洪钟,用自己非凡的学识把语言捧到了至高无上的地位,蓬达里克再次提及刚才的问题:"还有什么东西能比语言更重要?"

---

① 气吞斗牛:形容气势很盛。

蓬达里克骄傲地环视四周,没有人敢回答他的问题。他缓缓地落座,像一头刚刚杀死猎物后饱餐一顿的雄狮。学者们直呼"精彩",国王惊讶得说不出话来,诗人斯赫克哈尔此刻站在博学多识的蓬达里克旁边,深感自己是多么渺小。第一天的比试就这样结束了。

第二天的比试开始了,斯赫克哈尔首先吟唱了一首他写的情歌。在那天的宫殿里,斯赫克哈尔的歌声像是饱含爱意的悠扬笛声,触动了静谧且神圣的圣罗勒森林。牧羊女们不知道是谁在吹奏笛子,也不知道这动人的音乐来自何方。有时候,它来自南风的怀抱;有时候,它来自山顶的流云;有时候,它来自日出之地,带来恋人幽会时的蜜语；有时候，它来自日落之地，带来流浪者哀愁的叹息。竹笛奏出了动听的旋律，填满了世人美妙的梦境，它上面的孔眼像是一颗颗星星。音乐声仿佛从湖泊、从田野山林、从大路和小路、从深邃的蓝天、从闪着光亮的绿草地传来，在四面八方同时奏起。

没有人能明白这笛声在诉说着何种情感，也没有人清楚自己该如何回应这笛声，听众们只是眼含热泪地期待着乐曲的结尾，更期待着那笛声描绘出的仙境般的世外桃源。

斯赫克哈尔此刻已经忘记了观众，也忘记了敌与我，更忘记了胜与败。他独自站在内心深处的丛林中，唱着这首竹笛之歌。他的心中只描绘出公主美丽的容貌；他的脑中只惦记着帷幕后动人的倩影；他的耳边只回响着脚踝上优雅的金铃声。

演唱完后，斯赫克哈尔呆呆地坐下，观众们还沉浸在悲伤与柔情之中，一种难以说出的伤感情绪在场下弥漫着，人们都忘记了为他鼓掌喝彩。

等观众们慢慢回过神时，王座前的蓬达里克站了起来，他以斯赫克哈尔的歌词中"爱人的黑天神"和"被爱的牧羊女"为切入点来展开诡辩。蓬达里克傲慢地环顾四周，对他的追随者们报以微笑，然后问道："爱人的黑天神克里希纳是谁？被爱的牧羊女拉达又是谁？"

接下来，蓬达里克用渊博的知识回答了自己刚才提出的问题。他说："'拉达'是一组神秘的音节，'克里希纳'的意思是思考和洞察力。"

蓬达里克绞尽脑汁，调动全身的每一个细胞来自圆其说。他对

"拉""达""克""里""希""纳"的每一个字都做出了各种各样的解释。他一会儿说"拉达"是火,"克里希纳"是献给火的祭品;一会儿说"克里希纳"是《吠陀经》①,"拉达"是哲理书;一会儿说"拉达"是一种学习,"克里希纳"是一种教导;一会儿又说"拉达"是辩论,"克里希纳"则是胜利……

蓬达里克玩起文字游戏来简直无与伦比,他把这两个名字中的每一个字母都单独拿出来,用严苛的逻辑加以论证,直至把每一个字都碾为尘土,然后又把它们重新组织排列起来,呈现出连最聪慧的造字者都料想不到的意思。蓬达里克讲完带着讥讽的微笑,朝观众鞠躬后看了斯赫克哈尔一眼便坐下了,仿佛在告诉斯赫克哈尔:我在音乐方面的造诣(yì)②也不在你之下。

在场的学者们惊讶到说不出话来,对蓬达里克的罕见才能无比赞叹。其他观众随波逐流,态度和学者们保持一致,他们甚至误以为,在那天,自己亲眼看见了一个博学的天才撕碎了真理的最后一块遮羞布。在蓬达里克对"拉达"和"克里希纳"这两个名字剖析之后,什么竹笛之歌、神的垂怜、爱的迷恋全都变得一文不值,斯赫克哈尔的音乐所带给听众们的幻象和感染力完全消散了,就好像在春意盎(àng)然的绿色植物外面涂上了一层名为"神圣"的牛粪。此刻,斯赫克哈尔也失去了吟唱自己诗歌的信心,第二天的赛诗会结束了。

---

① 《吠陀经》:印度古老的哲学文献。
② 造诣:指学问、艺术等所达到的程度。

第三天，诗人蓬达里克情绪更加激昂，他施展浑身解（xiè）数，展示着自己身为语言大师的种种绝招，那惊世骇（hài）俗的表现让观众们心悦诚服，以至于他们甚至忘了问自己：蓬达里克的诗歌中是否有真理存在？

国王感到无比震惊，在围观的群众看来，蓬达里克像个巨人，而他们自己的诗人与之相比，不过是个孩童，在语言和思想的道路上，斯赫克哈尔迈出的每一步都跌跌撞撞，困难重重。有史以来第一次，观众们竟然产生了这样一种感觉：斯赫克哈尔写的诗非常简单，在他的诗中，只有感性的悲欢离合，没有理性的智慧和艺术。他们觉得，只要有人想写，谁都写得出来，而之所以没写出来不是能力不够，只是不想写而已。他们还觉得斯赫克哈尔的诗歌过于直白，没有深度，不能给人以启示，但蓬达里克不一样，他的诗中充满学问，有着深刻的教育意义。

就像莲叶能感觉到鱼儿的摆尾一样，斯赫克哈尔当然明白观众们的想法，甚至想的比他们还多。

今天是赛诗会的最后一天，国王将决定胜利的归属。国王纳拉扬向斯赫克哈尔投去鼓励的目光，默默地暗示他再做下最后的努力，去博取最后的荣耀。斯赫克哈尔看到了国王的眼神，他精疲力尽地站起身后开始祈祷："女神啊，如果你能离开身下的莲花宝座，来到这诗歌的战场上，请你告诉我，我这无比虔诚的信徒会是什么样的结局呢？"斯赫克哈尔抬起头盯着二楼的闺阁，眼神中满是悲伤，仿佛他口中的女神就在二楼看着他一样。

看到这一幕，蓬达里克哈哈大笑，他提取了斯赫克哈尔名字中的最后两

个字,把它拼成了"驴子"一词后嘲讽他说:"驴子怎么能和莲花宝座相提并论?驴子学唱歌虽然很努力,但不会有什么收获的;女神本来就应该坐在莲花上,她有什么过错,非得委屈自己去骑驴呢?"学者们听到这种双关语后哈哈大笑,不明白意思的人也跟着一起笑。

国王急切地希望斯赫克哈尔能做出反击,但是他没有理会,依旧闭着眼睛在座位上一动不动。国王怒气冲冲地走向王座,摘下自己的项链,为蓬达里克戴上。场内顿时爆发出一阵欢呼。此时,从二楼传来长裙拖在地上的窸窣(xīsū)声,公主脚踝上的金铃又发出了清脆的声音。

于是,斯赫克哈尔站起身来,离开了宫殿。

今晚的夜空十分漆黑,南风带着花香吹进了千家万户。斯赫克哈尔从书架上拿出自己的手稿堆在地上,其中一些是他早年的作品,他几乎忘记了这里面写的是什么内容了。他随手翻了翻书稿,读了几篇,觉得这些文字空洞无物、平淡琐碎，尽是些堆砌在一起的辞藻。

斯赫克哈尔叹了口气说："这是我一生的心血，然而，此刻我在这些诗歌的韵脚和格律中看不到任何美感，也感受不到任何意义！"

斯赫克哈尔像得了厌食症的病人一样，怀着厌恶的心情把自己的书稿当成食物全部扔掉。他的声誉在今天被碾得粉碎；他对国王的忠诚变得不值一文；他对女神的幻想和对公主的眷恋全都在这漆黑的夜晚化为灰烬，像泡沫一样消失了。

他把书稿一本接一本地撕成碎片，扔进火堆，他想给自己讲个笑话："国王时而会举行马祭，而我却在举行诗祭。然而，举行马祭所祭祀的马是得胜归来的马，我祭的诗却是一败涂地的诗，要是这场诗祭发生在赛诗会之前那该多好啊！"

斯赫克哈尔把手向上一举，说道："都给你，都献给你！啊，火焰啊，这美丽的火苗！是你在我的心中燃烧着，照亮了多年来乏味的生活。如果我是一块金子，被你燃烧过后会变得更加明亮，但我只是一块草皮，任人踩踏，燃烧过后只能剩下一片灰烬。"

斯赫克哈尔打开窗户，窗外夜色渐浓。他在床上铺满自己钟爱的洁白花朵，有茉莉花、晚香玉和白菊花，又点亮了所有的灯，接着，他喝下了用蜂蜜调制的药后便在床上躺下了，这种药能让他以生命为代价来摆脱折磨，获得解脱。

微风带来一阵淡香，从门外走廊上传来了金色脚镯叮当作响的声音。诗人闭着眼睛说："公主，您终于肯垂怜您的追求者，来看望他了吗？"

一个甜美的声音回答道："是的，诗人，我来了。"

斯赫克哈尔睁开眼睛，床边是一个女人的身影。他的视线模糊不清。他觉得，供奉在心中神坛上的倩影终于在他弥留之际走入真实的世界，此刻正凝望着他的脸。

她说："是我，我是阿吉塔公主。"

诗人费了很大的力气才从床上坐了起来。

公主在他耳旁低语道："国王没有公正地对待你。我的诗人，其实是你在斗诗中获胜了，我来为你戴上胜利的花环。"说完，她从自己的脖子上取下了花环，戴在了斯赫克哈尔的头上。然而，诗人却倒在床上，咽下了最后一口气。